il y a semées dans cette relation ~~des~~ quelques remarques curieuses et instructives tant sur l'ancienne histoire de provence que sur la poesie provencale

DISCOURS SUR LES ARCS TRIOMPHAUX DRESSÉS EN LA VILLE D'AIX,

A l'heureuse arrivée de Monseigneur le Duc de BOURGOGNE, *& de Monseigneur le Duc de* BERRY.

A AIX;

Chez JEAN ADIBERT, Imprimeur du Roy; proche le Palais.

M. DCC. I.

ANNO LIX. REGNI LUDOVICI XIV.

MENS. VI.

URBIS A SEXTIO CONDITÆ M. DCCC. XXII.

MENS IV.

MUNDI REDEMPTI M. DCC. I.

MENS. NOVEMB. DI. V.

HOR. A MER. IV.

COSS. ET ASSESSORE, PROCUR. PROVINC.

ANT. CAR. DE RAOUSSET de la Croix.

CAR. DE GRIMALDI March. de Regusse Assess.

JOAN. B. DE THOMASSIN d'Espin.

BERNARD DE CABANES.

A

MONSEIGNEUR LE DUC DE BOURGOGNE.

MONSEIGNEUR,

Nos Respects & nos Empressemens parurent avec éclat à vôtre arrivée dans nôtre Ville. Quels transports de joye ! quelles acclamations ! quels témoignages d'une allegresse publique peuvent étre comparés aux nôtres ! & quel bonheur pour nous, que vous en ayes été vous même le Témoin !

Permettés nous, MONSEIGNEUR, *d'exposer à vos yeux le même spectacle. Heureux ! si nous pouvions vous y faire remarquer ces expressions vives & naturelles, qui paroissoient sur le visage de tous nos Citoyens ; mais ces fidéles interpretes du cœur nous manquent, & nous ne sçaurions vous representer icy, ce que vous avés veu, qu'avec des traits, qui n'exprimeront que fort foiblement ce que nous sentons, & qui peuvent seulement donner à nos Néveux une idée de nôtre veneration pour le plus beau & le plus auguste Sang du monde.*

Nous aurions déja, MONSEIGNEUR, *satisfait à nos desirs, si les affaires de nôtre Province, ausquelles nos employs nous apliquoient sans relâche, avoient laissé quelques momens à nôtre disposition. Maintenant que nous venons de remettre en d'autres mains le dépost qui nous avoit été confié, pouvions nous marquer par un plus bel endroit la fin de nôtre administration?*

C'est sous vos auspices, MONSEIGNEUR, *& en vous consacrant cet Ouvrage, qui vous apartient avec tant de justice, que nous esperons laisser à la Posterité un monument de nôtre zéle pour vous, aussi durable que ceux qui sont destinés à vôtre gloire; & ne vous en doit-on pas,* MONSEIGNEUR, *pour toutes les Vertus Royales qui brillent en vous, & pour immortaliser les glorieux avantages que vous réünissés dans vôtre Personne Sacrée?*

Petit Fils de LOÜIS LE GRAND, *destiné à rénouveller un jour, les merveilles de son Regne; Fils de nôtre Auguste* DAUPHIN, *que ses Exploits guerriers, ont mis dés ses premieres années au Rang des plus grands Heros. Frere d'un Roy qu'une Nation fiere & puissante a choisi pour Maître, & d'un Prince, dont les qualités heroïques font craindre à la France un semblable évenement.*

Toute cette Gloire, MONSEIGNEUR, *qui donne de la terreur à nos Ennemis, & de la jalousie à nos Voisins, nous fait lever continuellement les mains au Ciel, pour le remercier de vous avoir donné à la France, & pour le prier de vous conserver long temps pour son bonheur.*

Daignés, MONSEIGNEUR, *nous accorder vôtre protection auprés de* LOÜIS LE GRAND, *nôtre incomparable Monarque. L'amour que ce grand Prince a pour ses Sujets, recevra une nouvelle force, excité par vos puissantes sollicitations; nôtre Province, & cette Ville en particulier ne peuvent manquer d'en ressentir les effets, si vous avés la bonté de nous en favoriser. Nous vous la demandons,* MONSEIGNEUR, *cette protection, & nous l'esperons par le profond respect avec lequel nous sommes,*

MONSEIGNEUR,

Vos tres-humbles, & tres-obéïssans Serviteurs.

RAOUSSET de la Croix.
GRIMALDI Marquis de Regusse.
THOMASSIN d'Espin.
CABANES.

Maire, Consuls Assesseur de la Ville d'Aix, Procureurs du Païs de Provence.

A
MONSEIGNEUR LE DVC DE BOURGOGNE.

ONSEIGNEUR,

L'Agrément que vous eutes pour nos Arcs de Triomphe ; la bonté avec laquelle vous reçûtes l'Abregé de leur explication, que j'eus l'honneur de vous presenter ; me font prendre la liberté de vous offrir le Discours, que j'ay fait pour l'entiere intelligence de nos Desseins. Ce n'est pas, MONSEIGNEUR, que quelque recherche que j'aye pû faire à ce sujet, je me sois flaté de vous aprendre quelque chose, qui eut échapé à vos lumieres, en faisant paroître devant vous les Heros & les Heroïnes vos Ancétres, qui ont regné en cette Province. Je vous trouvay si ferme dans la connoissance de nôtre Histoire la plus secrette, que j'en fus surpris ; & passant de la surprise à l'étonnement, j'admiray que dans un âge destiné pour le plaisir, vous étiés parfaitement instruit, de ce que les personnes les plus éclairées sçavoient à peine ; & que les traits d'Histoire, que j'exposois à vos yeux vous étoient aussi familiers, qu'ils me l'étoient à moy même : Ainsi je ne songeay dés lors, qu'à donner à mon Discours quelque tour qui pût vous plaire, & vous délasser quelques momens de cette profonde aplication, qui vous rend le Prince le plus sçavant & le plus accompli de l'Europe. Que si j'ay tardé jusques à present de m'acquiter de ce devoir, je vous suplie de croire, MONSEIGNEUR, que ce n'a pas été manque de desir de vous satisfaire ; Les importantes occupations que nos Magistrats politiques ont eu pour les affaires de Sa Majesté, ont suspendu quelque temps l'impression d'un Ouvrage qui vous apartient naturellement. Permettés cependant, MONSEIGNEUR, qu'en vous le presentant, je joigne mes vœux à ceux de toute la France, pour implorer le Ciel de vous donner bientôt un Prince, qui perpetuant le Sang de Bourbon sur le Trône, rassûre nôtre felicité & nos esperances : Et qu'en vous demandant vôtre protection, je vous fasse une tres-humble protestation, du profond respect, du dévoüement, & de la Veneration avec laquelle je suis

MONSEIGNEUR,

Vôtre tres-humble, & tres-obéissant,
& trés-fidéle Serviteur

CHASTUEIL GALLAUP.

PREFACE

La joye que nous eumes en cette Ville, à la nouvelle que Monseigneur le Duc d'Anjou avoit été élevé à la Couronne d'Espagne, fut bientôt suivie de celle, que nous aurions le bonheur de voir Monseigneur le Duc de Bourgogne, & Monseigneur le Duc de Berry en cette Province; aussi-tôt Mrs. nos Consuls songerent de preparer des Décorations convenables à leur Reception; & à cet effet ils me firent prier par un de mes Amis de vouloir y donner mes soins; je m'excusay autant qu'il me fut possible d'une semblable fatigue, qui demandoit & plus d'aplication & plus de vigueur que je n'en avois; je luy dis, que depuis long temps j'avois renoncé aux belles Lettres, & qu'il me seroit tres difficile de rentrer dans les Inscriptions, dans les Emblemes, & dans les Devises, qui étoient l'ame de ces sortes d'Ouvrages. J'eus cependant beau me défendre, on me dit que mon Pere s'étant chargé du même employ en l'année 1622. à l'arrivée de LOÜIS LE JUSTE; Que mon Ayeul ayant travaillé aux Desseins de la Porte Royale de la Ville de Marseille, je ne pouvois me défendre de rendre ce service au Public, & que travaillant comme je faisois depuis deux ou trois ans à l'Histoire de la Ville d'Aix, il ne me seroit pas impossible d'y trouver des traits propres à de telles Décorations. Dans cet état Mr. d'Espin & Mr. de Cabanes Consuls m'en prierent eux mêmes: Et ce qui me determina fut la Recommandation, que m'en fit Mr. le Comte de Grignan, auquel je suis entierement attaché, & sans considerer que mon Pere étoit un des plus savans hommes de son temps, & qu'il étoit aidé du fameux Solitaire du Liban son Frere, autant connu par sa pieté que par son savoir; je me chargeay de la chose, & peu de jours aprés j'en communiquay le dessein à Mr. le Comte de Grignan, en presence de Mr. le Chevalier son frere, de Madame la Comtesse de Grignan, dont la beauté de l'esprit égale celle du Corps, de Mrs. nos Consuls anciens & modernes, & de plusieurs autres personnes de qualité, qui aprouverent unanimement le Dessein que je leur proposay; & bien que je dûsse être satisfait d'une telle aprobation, je conferay avec Mr. de Castelane d'Auzet, autant distingué par sa qualité, que par son érudition, avec Mr. de Gaillard Chaudon, qui eut l'honneur de presenter sa belle Traduction du Livre de la Sagesse de Salomon, à Monseigneur le Duc de Bourgogne, avec Mr. Reboul Substitut de Mr. le Procureur General du Roy, & Professeur Royal au Droit François en l'Université de cette Ville, qui dans la Poësie Latine a joint l'élegance de Catule à la delicatesse de Phædre, & avec plusieurs autres Personnes de savoir & de merite, avec lesquelles je tachay de rectifier mes projets, que je fis ensuite mettre en œuvre. Je crûs aprés avoir pris le sentiment des personnes si éclairées m'étre mis à couvert de toute sorte de critique; mais cela n'empécha pas qu'une troupe de Censeurs, ne se soulevât contre l'Ouvrage& contre l'Ouvrier, & ne fit ses efforts pour les décrier; Mais ce fut à leur honte que les Arcs étant achevés & mis en place, ils plurent à Messeigneurs nos Princes & à leur Cour, aussi bien qu'aux habiles gens de cette Ville, ce qui ne me fit pas pourtant presumer que j'eusse regulierement suivi la justesse de l'art. Aussi puis je dire que c'est un coup d'essay que j'ay fait à l'âge de cinquante-sept ans, dans lequel j'ay tâché de donner des sujets qui convinssent uniquement à la Province, ou à sa Ville Capitale, & j'ay même affecté de les faire convenir aux endroits ausquels ils devoient étre placés. J'ay fait presenter à nos Princes des Fleurs & des Fruits particuliers à ce Païs, par les Statuës qui representent la Provence, & la Ville d'Aix, à l'entrée du Fauxbourg des Cordeliers. Je les ay fait recevoir à la Porte Royale, par quatre de nos Princesses, toutes quatre Reines, en une Ville où elles sont nées, où elles ont été élevées & mariées, & où la derniere a été ensevelie. J'ay placé l'Arc de la Cour d'Amour au bout du Cours, prés de l'anciene porte de Saint Jean ; le Quartier qui porte ce nom étant ancienement appellé le Quartier d'Amour ; J'ay fait mettre celuy où est le Temple de la Justice, auprés du Palais, dans lequel toutes les Jurisdictions sont renfermées : Et j'avois destiné le cinquiéme, dans lequel je faisois voir le Calvinisme abatu par Loüis le Grand, auprés de l'Eglise de St. Sauveur si souvent attaquée dans les derniers Siécles par ceux de cette Secte.

Du reste, je n'ay pas recherché des Sujets dans la Fable, pour y employer le merveilleux si desiré en ces sortes d'Ouvrages, puis que j'ay trouvé une espece de merveilleux dans le troisiéme Arc qui n'a pas deplû. Ce n'est pas que je pretende blâmer ceux qui se sont servis de la Fable en cette occasion ; j'ay vû même dans les Descriptions des Arcs qui ont été dressés en diverses Villes du Royaume, qu'elle y a été heureusement mise en œuvre ; mais j'ay crû que nôtre Histoire me fournissant assés de matiere pour la Construction de nos Arcs, je ne devois pas chercher des Ornemens étrangets qui pourroient convenir aux autres Villes comme à la nôtre, & j'ay suivi en cela l'exemple de mon Pere, qui s'attacha uniquement à nôtre Histoire, & qui par là eut l'avantage de meriter la protection de Loüis le Juste. Ce grand Prince vit avec tant de plaisir les Arcs qui furent élevés à son heureuse arrivée, qu'il dit, qu'on l'avoit receu en Roy par toutes Villes de son Royaume ; mais qu'il avoit été receu comme un Dieu en la Ville d'Aix, & pour témoigner à mon Pere, combien il en étoit satisfait, il luy fit expedier *gratis* les Provisions de l'Office de son Procureur General en la Chambre des Comptes Cour des Aydes de ce Païs. Je n'ay pas eu une moindre satisfaction, par l'accüeil favorable que me fit Monseigneur le Duc de Bourgogne, lors que j'eus l'honneur de luy presenter l'Abbregé de l'explication de nos Inventions ; ce qui m'a obligé de luy en dresser une plus étenduë, ainsi que je m'y étois engagé : Je n'ay pas crû toute fois que la protection sous laquelle paroit cet Ouvrage, le mit à couvert de la critique, de laquelle je me consoleray aisément, si j'ay encore une fois le bonheur de plaire au grand Prince, pour lequel je l'ay composé.

Au surplus, je n'ay pas crû devoir faire un long Errata des fautes, qui se sont glissées en ce Livre ; le Lecteur distinguera celles qui viennent de moy ou de l'Imprimeur, entre lesquelles est celle qui est en la Page 5. Ligne 13. où il est écrit la vingt-uniéme avant la Naissance de Jesus-Christ, lisez cent vingt-uniéme. En la Page 18. Ligne 29. où je mets le Mariage de Robert Roy de France de l'an 1007. avec Constance de Provence, suivant l'Opinion de plusieurs Historiens, lisez 1001. ce que j'ay justifié avec le Pere Pagi Cordelier digne Néveu du fameux Pere Pagi. A la pag. 31. lig. 31. dans l'ordre Corinthien, lisez dans l'ordre Dorique ; ce qui neanmoins a été corrigé à quelques Pages qui ont été réfaites, à cause qu'il manquoit des Exemplaires pour remplir le nombre qu'on a été obligé de distribuer.

LVDO
MAGN
VICINA
GENTIV
DOMIT

PREMIER ARC

PLACE' A L'AVENEÜE DU FAUXBOURG des Cordeliers.

CETTE Forest d'orangers, de citroniers, de grenadiers, de palmiers, de figuiers & d'oliviers chargez de fruits & de fleurs, est le premier objet que je presente à la vûë de Monseigneur le Duc de Bourgogne, & de Monseigneur le Duc de Berri; Ces arbres entourez d'un cordon de jasmin, & d'une vigne des plus beaux raisins de cette Province, s'embrassent les uns avec les autres, & forment ce premier Arc: Et comme ils sont particuliers à ce Païs, que les orangers & les citroniers sont consacrez au Soleil, j'ay crû qu'ils étoient tres propres pour la reception que nous devions faire aux petits Fils de LOÜIS LE GRAND, qui a pris pour le corps de sa devise la figure de cet astre. Le palmier est le simbole de la victoire, l'olivier celuy de la paix, les rameaux de ces arbres étant ordinairement employez pour couronner les faits heroïques & les actions éclatantes, par lesquelles se distinguent les grands Monarques dans les temps de paix & de guerre. Ces Amours qui sont placez au haut de la machine cüeillent des fruits & des fleurs desquelles ils forment des festons, des guirlandes & des couronnes pour jetter sur les pas de nos Princes.

Sur les piedestaux de l'un & de l'autre côté de cet Arc, sont placées deux statues l'une de la Provence & l'autre de la ville d'Aix habillées à la Romaine, à cause que la Provence est la premiere province des Gaules qui a été soûmise à l'Empire Romain, & que la ville d'Aix a été fondée par Cajus Sextius Calvinus Proconsul, & peuplée par une Colonie Romaine. Elles presentent des corbeilles remplies de fleurs, & de fruits du païs, que Loüis le Grand nous a conservés dans le temps des dernieres guerres. C'est ce que j'explique dans cette Inscription gravée sur un marbre noir au dessus de la porte, soûtenuë par deux colomnes de l'ordre Dorique.

LUDOVICO MAGNO

VICINARVM GENTIVM

DOMITORI,

QUOD

IN BELLORUM TEMPORIBUS

URBES AC REGIONES PROVINCIÆ

SALVAS ET INCOLUMES FECIT,

AGRORVM CVLTVM

OTIO ET TRANQUILLITATE FIRMAVIT,

SEGETES CONSERVAVIT AC FRUCTUS.

HAS SEGETES, HOS FRUCTUS,

REGIIS NEPOTIBVS

OFFERUNT.

S. P. Q. A.

Sur le piedestal de la Statuë qui represente la Provence ; on lit ces mots.

PLVS FIDE, QVAM COPIA.

Et voicy les Vers que Mr. de St. Quentin y a adjoûtez pour donner plus de jour à cette pensée.

Tous les biens dont mon sein abonde ;
Ne font pas ma felicité ;
Mais c'est d'avoir toûjours été
Plus fidele, encor que feconde.

EN effet cette province a été toûjours plus considerable par sa fidelité, que par son abondance. C'est la premiere contrée des Gaules, qui avoit été reduite en province par les Romains : & c'est la derniere, qui a été démembrée de cet Empire, auquel elle étoit inviolablement attachée ; comme elle l'a toûjours été dans la suite aux Princes qui l'ont possedée. Sur les autres faces des piedestaux sont les emblemes & les devises suivantes, qui conviennent ou à la Province, ou à l'histoire du temps.

Deux Genies, l'un de la Provence, & l'autre de la ville d'Aix distinguez par leur blason, tenant un écu parti de France & d'Espagne, avec ces mots.

EX FOEDERE VIRTVS.

Un Lyon s'appuyant sur un écu de France, avec ces mots.

HOC STEMMATE FORTIS.

MAis si la Provence s'est renduë si considerable par sa fidelité, si elle a été la derniere qui a reconnu la domination des Princes Gots dans la décadence de l'Empire Romain ; la ville d'Aix a été la derniere, qui s'est detachée de cet Empire : & comme elle a presque toûjours été la capitale de la Provence, elle luy a toûjours donné l'exemple d'une fidelité inebranlable, ainsi que je l'éclairciray dans l'explication du dessein du second Arc, où je feray voir que les sciences & la galanterie ont toûjours fleuri dans cette Ville.

C'est pourquoy je fais parler ainsi la Statuë qui la represente.

PLUS CORDE, QUAM ORE.

Je n'aime point qu'en un discours flateur,
On dise autrement qu'on ne pense :
Et je méprise l'Eloquence ,
Si la bouche n'y suit les mouvemens du Cœur.

POur démontrer que le cœur a beaucoup plus de part que la bouche aux presens qu'elle offre à nos Princes,

Sur les deux autres faces du piedestal sont les deux emblemes suivans.

Ces deux Emblemes m'ont été donnés par Mr. de St. Quentin.

Un Soleil à son Midy, ayant au dessous, un Globe posé suivant le sisteme de Copernic avec ces mots espagnols.

ALUMBRA EL MUNDO, SIN MOVERSE.
Sans s'émouvoir il éclaire le monde.

Une Troupe de Coqs qui chantent au lever du Soleil avec ces mots.

HILARES PRÆSENTIA REDDIT.
Sa presence les rejoüit.

Gervasius de otio imperiali.

CE qui convient aux habitans de cette ville & de cette Province, qui sont nommez, *Gens hilaris & jocunda*, & qui ne pouvoient pas manquer de donner une demonstration éclatante de cette joye, qui leur est naturelle, en voyant & en recevant des Princes nés pour regir & pour soûtenir la Monarchie Françoise, & qui feront un jour benir la douceur de leur Empire à nos petit-Fils.

POUR

MONSIEUR

DE GALLAUP DE CHASTVEIL

ECUYER,

SUR L'ENTRE'E DES PRINCES.

SONNET.

ALLAUP, que de Beautez montrez vous à la fois!
Vous mettez en lumiere, & la Fable, & l'Histoire,
Ce qu'a de plus fameux le Temple de Memoire,
Et la Cour où Dionne a fait garder ses Loix.

Ainsi de vôtre Pere on fit un juste choix,
Pour recevoir un Prince aimé de la Victoire,
Un Monarque rempli d'une immortelle Gloire,
Pour nous avoir donné le plus grand de nos Rois.

Lors que ses Petits-Fils entrent dans cette Ville,
Vôtre esprit à leurs yeux presente un Champ fertile,
D'ingenieux Desseins, d'Emblemes, de Tableaux.

C'est un soin glorieux, qu'à vous seul on reserve;
A vous, qui succedez aux illustres GALLAUPS,
Et cultivez, comme eux, l'une & l'autre Minerve.

GAILLARD de Chaudon.

SECOND ARC

PLACÉ AUPRÉS DE LA PORTE des Augustins.

L'HISTOIRE de Raimond Berenger V. & dernier Comte de Provence de la maison d'Aragon fils d'Idelphons II. & de Garcende de Forcalquier petit fils d'Idelphons I. Roy d'Aragon Comte de Barcelone & de Provence, a donné lieu au dessein de ce second Arc, formé d'un grand portail, ayant deux portes à ses côtez, orné de grandes colomnes corinthiennes. Sur le haut de cette machine paroit Cajus Sextius Calvinus Proconsul Romain, fondateur de la ville d'Aix.

Cajus Sext. étoit fils de Cajus & petit fils de Cajus, & ce fut pendant le Consulat de Gnejus Domitius, & de Cajus Fannius l'an de Rome 631. & le vingt-uniéme avant la naissance de Jesus-Christ, que ce Romain aprés avoir vaincu Teutomalius Roy des Saliens fonda cette Ville, à laquelle il donna le nom d'Eaux de Sext. à cause des differentes sources d'Eaux chaudes qui jaillissoient en divers endroits de ce terroir, laquelle il consacra à Mercure : Les Historiens de cette Ville & de cette Province varient au sujet de cette fondation, & assûrent qu'elle étoit déja en état, lors que ce Romain vainquit les Saliens & les Voconces, & que la reputation en laquelle étoient ses eaux de guerir de plusieurs maladies, ayant attiré Sextius pour y trouver un remede à ses maux, il est vraysemblable de croire qu'il ne fût que le restaurateur de cette Ville. Mais comme dans l'histoire que j'en ay composée, & à laquelle je donneray bientôt la derniere main, j'ay entierement éclairci cette matiere, il est indifferent icy de la decider. Il me suffit de dire à present, qu'aprés que Sextius eut remporté une entiere victoire sur les Saliens qui habitoient les campagnes, où est presentement cette ville, il y fit bâtir le quartier qui est auprés du Palais, & que nos Peres ont appellé la Ville Comtale ; L'ancienne Ville qu'ils appelloient Episcopale ou ville des Tours, qui a été abandonnée depuis l'année 1424. étant peut-être en état avant l'arrivée de ce Proconsul en cette Province.

Aux pieds de la Statüe de ce Romain on lit ces mots, qui se raportent aux vieux marbres trouvez en divers temps ou dans nôtre terroir, ou dans nôtre ville.

HOSCE AGROS OLIM MERCURIO CONSECRAVIT.

NUNC LUDOVICO MARTI GALLICO, ET SUIS

CAJ. SEXT. CALV. HUJUSCE URBIS CONDITOR.

AU dessous de cette Statüe l'on voit un grand tableau, dans lequel est representé Raimond Berenger accompagné de Beatrix de Savoye son Epouse, de Romeo de Villeneuve son principal Ministre, & de quelques Courtisans, qui viennent se conjoüir avec LOÜIS LE GRAND representé dans le même tableau, ayant le Roy d'Espagne à son côté, Monseigneur le Dauphin, Messeigneurs les Ducs de Bourgogne & de Berry au derriere, accompagnez aussi de leur Cour, au sujet de l'élevation de Monseigneur le Duc d'Anjou à la Couronne d'Espagne; Et voicy les mots que je mets à la bouche de ce Prince, lesquels il addresse au Roy.

EX ME PRINCIPE HISPANO, COMITES

OLIM PROVINCIÆ, REGES GALLIÆ:

EX TE NUNC REGES HISPANIÆ.

CE Prince n'avoit que cinq ou six ans, lors qu'Idelphons son pere mourut. La Comtesse sa mere donna d'abord avis de cette mort à Pierre Roy d'Aragon son Oncle, qui vint dans la Province, & se fit d'abord declarer tuteur du jeune Berenger; & ce fut en cette qualité qu'il reçût tant à son nom qu'à celuy de son Néveu, le serment de fidelité de tous les Corps du Païs, & aprés y avoir reglé les affaires de son Néveu il en remit l'administration à la Comtesse Garcende, & retourna en Aragon où il mena le jeune Berenger pour le faire élever avec Jacques Roy d'Aragon son Cousin, qui étoit de même âge, & il en confia la conduite à Guillaume de Montredon Grand Maître des Templiers, & à Reimond de Penafort, qui ayant pris quelque temps aprés l'habit de Dominicain, se rendit si celebre par sa sainteté & par sa doctrine; Et parce qu'il y avoit eu quelques mouvemens en ce Royaume, ces Princes étoient élevez dans la forteresse de Monçon, dans laquelle ils passerent l'un & l'autre prés de sept années ; & jusques à ce que Berenger ayant apris d'un Provençal les desordres que son absence causoit en Provence, il s'échapa de ses Gouverneurs, vint s'embarquer à Taragone, & se rendit bientôt à la Ville d'Aix, où il vit que les desordres dont on luy avoit parlé étoient bien plus grands qu'il ne s'étoit imaginé : Il trouva que quatre des principalles villes de la Province (Marseille, Arles, Avignon, & Nice) s'étoient érigées en Republiques, à la faveur de la licence que se donnoient les troupes des Vaudois & des Catholiques dans la Provence & dans le Languedoc ; Que la Comté de Forcalquier luy avoit été enlevée : Et qu'à la reserve de la Ville d'Aix, qui luy avoit conservé une fidelité entiere, toutes les autres villes de la Province étoient chancelantes ;& qu'à l'exemple des nouvelles Republiques, elles réfusoient de payer les droits les mieux établis.

Dans cet état, Berenger convoque tous les corps de la Province dans la Ville d'Aix, avec lesquels ayant examiné la cause du soûlevement de ses Sujets, on convint unanimement que les Vaudois étoient la source principale de tous les desordres de la Province ; & qu'il étoit necessaire de les en chasser : Et ce fut alors que Berenger ayant pris la resolution d'executer ce qui avoit été resolu, il s'y porta avec tant de prudence, & tant de valeur, qu'il en vint à bout dans peu de temps, ce qui luy acquit une si grande estime parmy les Catholiques, qui commençoient de connoitre le merite de ce jeune Prince, que toutes les Villes, à la reserve des nouvelles Republiques, se soûmirent avec plaisir à son obéïssance.

Mais ce n'étoit pas les seuls malheurs que la foiblesse du gouvernement de Garcende, & l'absence de Berenger avoient causés. Hugues des Baux Prince d'Orange n'avoit pas negligé les anciennes pretentions qu'il avoit sur la Province, & profitant de cette absence pour s'agrandir, il avoit eu recours à Frederic II. auquel il demanda l'investiture du Royaume d'Arles, que cet Empereur luy accorda ; & ç'avoit été à cette occasion qu'on avoit vû naître les quatre Republiques : En sorte que nôtre Berenger prevoyant que de luy même il ne pouvoit pas rétablir ses affaires, songea de s'allier avec quelque Prince voisin, qui pût l'ayder à se soûtenir & à recouvrer les biens qui luy avoient été enlevez pendant son absence : Et dans cette vûë, il crût qu'il ne pouvoit pas faire une alliance plus utile que de se marier avec Beatrix de Savoye, fille de Thomas Comte de Savoye & de Mauriene. Il avoit déja vaincu le Prince des Baux qui fut fait prisonnier par les habitans de nôtre ville, qui firent une sortie sur luy dans le temps qu'il faisoit le dégât en nôtre terroir, & aprés avoir battu ses troupes, & l'avoir rencoigné dans le lieu de Gardane où ils le forcerent, ils l'amerent prisonnier : Et ce fut alors qu'en recompense d'un service si signalé, Berenger nous donna l'Ecu des armes d'Arragon que nous portons encor en nôtre Blason, auquel Loüis III. Roy de Jerusalem & des deux Siciles, Comte de Provence, adjoûta, que nous porterions en chef les Armes de Jerusalem, de Sicile, & d'Anjou, en reconnoissance de ce que nos habitans chasserent Alphonse Roy d'Aragon de la Ville de Marseille, qu'il avoit surprise & qu'il saccageoit.

Aprés que Berenger eut vaincu le Prince des Baux, & chassé les Albigeois de la Province, il épousa Beatrix de Savoye. Jl eut quatre filles de ce Mariage, & un fils qui mourut en bas âge : Et ce fut par la valeur du Comte Thomas son Beau-pere, autant que par la bonne conduite de Romeo de Villeneuve, qu'il ramena les quatre nouvelles Republiques à leur devoir, qu'il rétablit l'état de ses Finances, & qu'il maria les quatre Princesses ses filles avec les plus grands Princes de l'Europe : Et voicy de quelle maniere parlent presque tous nos Historiens de Romeo de Villeneuve, qu'ils apellent le *Romiou*, suivant l'opinion de Dante, suivi de tous les Historiens Italiens, qui apellent ce sage Ministre *Rometo*. C'étoit, disent-ils, un Gentil-homme déguise en Pelerin, ou plûtôt un Ange Tutelaire de la Province, qui parut alors pour venir secourir Berenger, & qui s'arrêtant à Aix voulut avoir l'honneur de faire la reverence à nôtre Prince, qui le reçût avec sa civilité ordinaire. L'air & les manieres respectueuses de ce Pelerin luy plûrent d'abord, & la conversation qu'il eut avec luy, acheva de luy acquerir son estime & sa confiance : En sorte qu'il le retint auprés de luy, & dans les divers entretiens qu'ils eurent ensemble, le Pelerin comprit bien le desordre dans lequel étoient les affaires du Prince, & l'assûra que s'il luy en abandonnoit la conduite, il les mettroit en peu de temps en meilleur état; Ce que Berenger ayant fait, le Pelerin administra les finances avec tant de prudence & d'économie, qu'il les rétablit en peu de temps : Et ce fut par cette conduite qu'il projetta, & fit réüssir les mariages de trois de nos Princesses, ausquelles il paya leur constitutions dotales, dans le tems même de leur nôpces. Mais tandis que toute la Cour admire la prudence & la probité de cet étranger, l'envie ne manque pas de s'armer contre sa vertu ; On l'accuse de dissiper les finances, & Berenger trop credule adjoûte foy à cette accusation ; Jl en parle au Pelerin, luy ordonne de luy rendre compte de de son administration, il le rend ; Et aprés avoir fait connoitre son innocence & l'exactitude avec laquelle il avoit geré, il réprend ses habits de Pelerin ; Et dans cet état il aborde le Prince, & luy dit, *Je suis venu pauvre dans vôtre Cour Seigneur, & pauvre je m'en retire.* Berenger ne tarda pas long temps de reconnoitre, qu'il avoit trop facilement ajoûté foy à la calomnie ; Il envoye aprés le Pelerin pour le conjurer de revenir à la Cour ; On le rencontre, il réfuse, & se plaint de l'inconstance & de la legereté de son Maître, ce qui fit dire au Monge de Montmajour, Troubadour qui florissoit en ce temps, que Berenger étoit l'inconstant Catalan, pour avoir crû trop facilement ceux qui avoient noirci la reputation du Pelerin, lesquels il nomme *Malas Goulas.* On assûre toutefois qu'il revint prendre son poste, & que Berenger eut à l'avenir tant de confiance & tant de consideration pour luy, qu'il luy abandonna entierement la conduite de toutes les affaires de la Province, Et qu'en effet il l'établit par son Testament tuteur de la Princesse Beatrix sa derniere fille & son heritiere, jusques à ce qu'elle fut constituée en Mariage, ce qui est vray. Mais que Romeo de Villeneuve fût un pelerin ou un Ange Tutelaire, comme l'écrivent quelques Historiens, & presque tous les Troubadours Provençaux, C'est une fiction de Poëte, puisque nous voyons que Romeo de Villeneuve nommé dans le Testament de Berenger tuteur de Beatrix, étoit un Gentil-homme de la Province qualifié dans les Actes de ce temps, Neveu du Seigneur de Trans, & que le nom de Romeo qui a du raport avec celuy de *Romiou*, qui veut dire Pelerin, a donné lieu à l'erreur des Historiens, & aux fables des Poëtes. Dante place l'Etoile de nôtre Romeo dans son Paradis, & comme c'étoit à luy que Berenger devoit le rétablissement de ses affaires, & l'établissement de nos quatre Princesses, il merite bien d'étre placé dans le grand Tableau auprés de ce Prince.

Sur les quatre piedestaux de la droite, & de la gauche, sont placées les Statues de nos quatre Princesses. La premiere s'apelloit Marguerite. Elle fut mariée avec Loüis IX. si rénommé sous le nom de St. Loüis ; La seconde étoit Eleonor ou Helione. Elle fut mariée avec Henry III. Roy d'Angleterre. Sance qui étoit la troisiéme avoit été fiancée avec Reimond le jeune, Comte de Tolose son Cousin, dans la vûë que Berenger avoit, d'unir par ce mariage la Comté de Povence avec celle de Tolose, en faveur d'un Prince de son sang. Mais comme le jeune Reimond avoit donné dans la secte des Albigeois, de crainte que Celestin IV. lors Pape, ne réfusât les dispenses, qu'il falloit pour ce mariage, on en fit les fiançailles en la ville d'Aix sous le bon plaisir de ce Pontife, qui mourut dans le temps qu'on faisoit des poursuites pour les obtenir : Et comme la vacance du St. Siege fut longue, les Parties s'étant inquietées, Sance fut mariée avec Richard Comte de Cornual, frere du Roy d'Angleterre ; Et l'on resolut alors de marier Beatrix la quatriéme de nos Princesses, avec le Comte Tolosain : Et parce que les mêmes raisons subsistoient toûjours, & qu'on craignit qu'Innocent IV. ne fit naître de nouvelles difficultez, les Comtes de Provence & de Tolose allerent à Lion où ce Pontife avoit convoqué un Concile, auquel il presidoit, se flatant que leur presence faciliteroit cette dispense ; Mais quoyque pûssent faire ces deux Princes, ils ne pûrent jamais l'obtenir, & le Pape pour adoucir l'amertume de ce réfus, aprés leur avoit fait rendre des honneurs extraordinaires dans le Concile, fit present à Berenger de la Rose d'Or, que le Peuple Romain luy fait offrir le quatriéme Dimanche du Carême, dit *Lætare*, au commencement de la Messe, & que les Papes donnent au plus grand Prince, qui assiste en cette ceremonie, en laquelle étoit alors present Baudoüin Empereur d'Orient. Et c'est par cette raison que Berenger est peint dans le grand Tableau tenant une Rose à la main ; ainsi qu'on le voit à l'Eglise de St. Jean de cette ville, en sa Statue auprés du Mausolée d'Idelphons son pere.

Cette Rose fut donnée par ce Prince à l'Eglise de St. Sauveur, en laquelle elle est encore conservée, où elle est exposée le même jour de Dimanche. Ce Pape ayant accordé des Indulgences pour ceux qui visiteront ce jour cette Eglise, & qui prieront Dieu pour l'ame de Berenger, qui ne fut pas empoisonné par l'odeur d'une rose, ainsi que l'écrit Nostradamus, le plus ancien de nos Historiens.

Sur la petite porte de l'Arc est peint Berenger, chassant les Albigeois de Provence, il s'appuye sur son Bouclier, sur lequel sont écrits ces mots, *PRO FIDE*, & il est armé suivant l'usage du temps, comme on le voit à l'Eglise de St. Jean ; Et je luy fais dire en s'adressant au Roy.

EGO ALBIGENSES, TU CALVINISTAS.

AU dessous de l'autre petite porte de l'Arc, ce même Prince est peint vainqueur du Prince des Baux ; Et comme par cette victoire il rétablit le calme dans cette Province, ces paroles semblent sortir de sa bouche.

EGO, ÆSTUS PROVINCIÆ COMPOSUI.

TU, TOTIUS EUROPÆ.

Et c'est ce qu'explique plus au long Mr. de St. Quentin, dans le Sonnet qu'il a fait en memoire de ce grand Prince, que j'ay crû devoir mettre en cet endroit.

RAIMOND BERENGER,

AU ROY.

SONNET.

D'Un Etat chancelant, dés ma plus tendre enfance,
Malgré les fiers voisins, je raffermis les droits;
La gloire des Autels, dont j'ay pris la défense,
Rendit mon bras funeste à l'impie Albigeois.

L'Espagne me vit naître, & par mon alliance
A des Peuples fameux elle donna des Rois;
Mes Ennemis vaincus charmés de ma clemence,
Se firent un bonheur de vivre sous mes loix.

Si l'on trouva jamais pour l'éclat, pour la gloire,
A l'Auguste Loüis des raports dans l'Histoire;
On en voit dans la mienne un crayon imparfait:

Mes Manes fortunez, errent parmy les ombres
Fiers, des honneurs qu'on rend dans les demeures sombres,
A qui peut de Loüis, s'apliquer quelque trait.

Au dessous de la grande porte de l'Arc, on lit cette Inscription.

INVICTISSIMI HERÔIS

LUDOVICI MAGNI

SEMPER AUGUSTI

PIETATI, PRUDENTIÆ, AC FORTITUDINI.

QUI

DISSIPATO, FÆDERATÆ, EUROPÆ CONSILIO,

SUBACTIS HOSTIBUS,

HÆRESI EVERSA,

CULTU ALTARIBUS RESTITUTO,

JANI TEMPLO, TANDEM CONCLUSO

OPTATVM HISPANIS REGEM,

PHILIPPUM ANDEGAVENSEM NEPOTEM

DEDIT.

D. O. M. VOTA D. D. D.

S. P. Q. A.

Sur la face des piedeſtaux qui portent nos quatre Reines, filles de Berenger, ſont écrits les noms & les qualitez de ces grandes Princeſſes. Sur celle de Marguerite on lit, *MARGUERITE DE PROVENCE, REINE DE FRANCE, EPOUSE DE St. LOUIS.* A l'autre face ſont écrits ces mots, qu'elle adreſſe au Roy.

JURA MEA, BEATRICIS JURIBUS ADDITA,

DE ANDEGAVIS, AD ANDEGAVOS

MEIS, TANDEM NEPOTIBUS

OBVENERE.

CETTE Reine pretendoit aprés la mort de St. Loüis ſon Epoux, que Berenger ſon Pere n'avoit pas pû diſpoſer de la Comté de Provence à ſon préjudice, & que Beatrix ſa Cadette, n'avoit pû étre nommée heritiere, parce que les Etats étoient ſucceſſifs, & que par le droit d'Aîneſſe, la Provence luy apartenoit : Et comme c'eſt de cette Princeſſe que les Rois de France ſont ſortis, c'eſt auſſi d'elle que viennent les premiers droits qu'ils ont eu ſur la Provence. Elle eſperoit avec raiſon que cette Province luy dût étre adjugée, mais les conſiderations que Philippe le Hardy ſon fils, avoit pour Charles d'Anjou ſon Oncle, lors Roy de Naples & de Sicile, Comte de Provence, empêcherent qu'elle n'eut la ſatisfaction qu'elle eſperoit de la juſtice de ſa cauſe. Et ainſi la Provence reſta à ſon Beau-frere, & à ſes Succeſſeurs,

Successeurs, jusques à ce que la Reine Jeanne l'eut faite passer par l'adoption qu'elle fit de Loüis d'Anjou à la seconde maison d'Anjou, & aux Successeurs de ce Prince, jusques à ce que Charles du Maine dernier Prince de cette race l'eut par son Testament laissée à Loüis XI. son heritier, qui la réünit à la Couronne de France: Et c'est ce que j'abrege dans les mots que je mets a la bouche de cette Reine, qui se réjoüit de voir les Rois de France Comtes de Provence, & le Roy d'Espagne, Roy de Naples, & de Sicile; Et ainsi ses Etats partagez entre ses Néveux.

A l'autre face du piedestal sont peints deux Amours, qui soûtiennent une Couronne de France avec ces mots.

OMNIUM TUTISSIMA.

Bien que Beatrix fut la derniere fille de Berenger, elle est placée auprés de Marguerite sa Sœur. Cette Princesse qui avoit été fiancée, comme nous l'avons déja dit, avec le jeune Comte de Toulouse, fut nommée heritiere de Berenger son pere, sous la tutelle de Romeo de Villeneuve & de Guillaume de Cotignac; Et elle fut mariée l'année du decés de son pere avec Charles d'Anjou, frere de St. Loüis. Au dessous de sa Statüe on lit ces mots. *BEATRIX DE PROVENCE, REINE DE NAPLES, ET DE SICILE, COMTESSE DE PROVENCE, FEMME DE CHARLES D'ANJOU, FRERE DE St. LOUIS.* C'est pourquoy je luy fais dire ces mots en s'adressant au Roy.

ANDEGAVUM EGO COMITEM,

TU ANDEGAVUM REGEM.

En effet cette Princesse fit ce Duc d'Anjou, Comte de Provence, comme le Roy fait aujourd'huy le Duc d'Anjou, Roy d'Espagne. Elle ne pouvoit dissimuler le chagrin quelle avoit de voir ses Sœurs Reines, & qu'elle ne la fut pas, & dans la passion qu'elle avoit de la devenir, elle vendit tous ses joyaux pour ayder son Epoux à se rendre maître de Naples & de Sicile. Elle l'accompagna dans ce voyage, & sa generosité fit en cette occasion tout ce qu'on pouvoit esperer d'une valeureuse Princesse; En sorte que c'étoit à sa vertu que son Epoux devoit la Conquête qu'il fit de ces deux Royaumes.

A l'autre face du piedestal est cette devise. Les Armes de France accollées avec celles de Provence, donnée par Mr. Jausne avec ces mots.

AQUIS LILIA CRESCUNT.

Et pour expliquer sa pensée il a ajoûté ces Vers.

Sponte quidem florent victricia lilia mundo,
Verum Sextiacis crescunt fœliciùs undis.

ELeonor ou Helione Reine d'Angleterre, est placée à l'autre côté de la porte de l'Arc. Au dessous de sa Statüe on lit : *HELIONE DE PROVENCE, EPOUSE DE HENRY III. ROY D'ANGLETERRE.* Les Rois d'Angleterre possedoient alors la Guienne & une partie du Poitou ; Et c'est par cette raison que je fais parler ainsi cette Princesse.

MEIS QUOQUE JURIBUS FRUUNTUR

BORBONII NEPOTES.

Sur l'autre face du piedestal, est peinte cette devise : Deux Mains qui se serrent en signe de foy, dont l'une est nüe, & l'autre armée d'un gantelet, avec ces mots Espagnols.

AMOR CON AMOR SE PAGA.

SAnce est la derniere de nos Princesses, que je place au côté de cet Arc. Richard son Epoux qui avoit pris la qualité de Roy d'Angleterre aprés la mort de Henry son frere, fut ensuite élû Empereur d'Alemagne ; Mais comme il joüit tres peu de temps de cette élection, je mets ces mots, qui sont écrits sur une des faces du piedestal à la bouche de Sance son Epouse.

IMPERIUM DE QUO TANTILLUM

LIBAVIT SPONSUS : SIBI VINDICABUNT

NEPOTES.

Sur l'autre face est peint un Grenadier chargé de fruits avec ces mots Italiens.

CORONE FATE PER NOI.

Ce qui convient à cette Princesse, aux autres Reines ses Sœurs, aussi bien qu'à nos Princes.

Les autres devises ou les emblemes qui suivent, sont placez sur les piedestaux des colomnes de l'Arc, qui sont un Aigle dans son aire, qui éprouve ses Aiglons aux rayons du soleil, avec ces mots Espagnols.

SUSTIENEN LO TODOS.

Un Oranger, en ayant un de moindre grosseur auprés, tous deux chargez de fruits, au tour desquels sont trois rejettons en fleurs, avec ces mots.

PRECOCES DABIMUS ET NOS.

Un Aigle Royal ayant deux Aiglons dans son aire, la place du troisiéme, qui est celle du milieu restant vuide. Les Aigles font ordinairement trois petits, le formé, le second, & le tiercelet ; & ceux qui ont écrit de la nature de ces Oiseaux assûrent, que le second s'échape toûjours le premier, ce qui convient aux mots de cette devise.

HESPERIAS ALTER JAM TENDIT AD ORAS.

Deux Amours qui portent un Tableau, dans lequel sont peints Monseigneur le Duc de Bourgogne, & Monseigneur le Duc de Berri, avec ces mots.

REGIBUS HI FRATRES, POPULISQUE PATRES.

Trois Diamants placez sur une table, celuy du milieu est monté sur une bague, & les autres ne le sont point avec ces Vers.

SUNT SPLENDORE PARES, SIMILESQUE MERENTUR HONORES.

Un Grenadier qui a trois grenades, dont l'une s'ouvre à l'aspect du Soleil avec ce Vers.

HUIC DEDIT OCCIDUUS, DONABIT EOUS ET ISTIS.

Un Soleil au dessous duquel est une tige de Lys, qui pousse quatre Lys d'une differente grosseur avec ces mots.

HOS GENUIT SCEPTRIS ORNANDIS ATQUE CORONIS.

Un Soleil dans le Zodiaque, s'arrêtant sur le signe du Lion, avec ces mots.

NON CLARIOR USQUAM.

Une boussole, dont l'aiguille remüe toûjours, jusques à ce que l'aimant l'ait portée sur la fleur de Lys, marque ordinaire du Nord avec ces mots.

SOLO HOC IN FLORE QUIESCAM.

Ces cinq devises qui s'expliquent d'elles mêmes m'ont èté données par Mr. de Castellane d'Auzet.

Le Corps de celle qui süit a esté donné par Mr. de St. Quentin & par Mr. de Gaillard Chaudon. Un Coq qui chante auprés d'un Lion.

Mr. de St. Quentin.

SECURUS UNDE TREMENS.

Son chant n'est plus pour moy de si mauvais augure,
Je l'ecoute sans m'émouvoir;
Et par un changement qu'on n'auroit sçû prevoir,
Qui m'épouvantoit me rassure.

Mr. de Gaillard.

CANTUM QUEM HORREBAT, AMABIT.

Le jeune Mr. de Thomassin Mazaugues m'a fourni celle cy. Un Pont avec ces mots.

OPPOSITA JUNGO.

Celle cy m'a été donnée par Mr. Reboul Substitut. Un Fleuve qui se divise en trois differens canaux, avec ces mots.

TOTUM SE EFFUNDET IN ORBEM.

Et il a expliqué cette devise par ces Vers.

Desine mirari septemplicis ostia Nili.
Miraculum prodit novum.
Quæ, veluti Flumen triplex de Flumine magno,
Propago surgit Regia;
Mox facili cursu totum se effundet in orbem,
Ac reddet ubertatem agris.

TROISIE'ME

TROISIÉME ARC

PLACÉ AU BOUT DE L'ALLÉE DU COTÉ Droit du Cours, prés des Carmelites.

COMME il y a eu de differentes Cours de Parlement d'Amour en cette Province, il est necessaire pour l'entiere intelligence de l'explication de cet Arc, que j'éclaircisse ce qui avoit donné lieu à l'établissement de ces Cours ; Tous nos Historiens ayant parlé de ces Parlemens sans en aprofondir l'origine. Je fus consulté il y a quelque temps à ce sujet par Madame la Comtesse de Grignan, & je répondis à une Lettre que luy écrivoit un tres sçavant Italien, qui luy demandoit, ce que c'étoit que cette Cour de Parlement d'Amour, & de quelle maniere les grands Seigneurs, & les Dames de la Cour de nos Princes, avoient commencé de decider les differens qui naissoient en fait d'amour. Pour satisfaire à cette demande, je parcourus tout ce que nos Historiens en avoient écrit ; & je trouvay que Jean Nostradamus Procureur au Parlement de nôtre Ville, & Cæsar Nostradamus fils de Michel, qui a fait les Centuries, étoient ceux qui avoient le mieux discuté cette matiere; Que Bouche & Gaufridi, Historiens de la Province, Ruffi Historien de la Ville de Marseille, & Pitton de la Ville d'Aix, n'avoient rien adjoûté à ce que les deux Nostradamus avoient écrit : Et ce ne fut qu'aprés une exacte recherche, que je fis dans les ouvrages de nos Troubadours, que je découvris ce qui avoit donné lieu à la naissance de ces Parlemens, qui jugeoient souverainement toutes les contestations qui survenoient en cette matiere ; & parce que la Poësie a donné lieu à l'établissement de ces Cours, je ne puis m'empêcher de confondre l'Histoire des Parlemens d'Amour, avec celle de nôtre Poësie, & l'on verra que la cessation de l'une, a été cause de la cessation de l'autre. Mais comme aucun de nos Princes n'avoit jamais eu plus d'amour pour les sciences & pour la galanterie, que Raimond Berenger dernier, duquel j'ay décrit l'Histoire dans le ſecond Arc : Je feray voir dans l'explication de celuy cy, que jamais ny la poëſie, ny la Cour d'Amour, n'ont été en une plus grande conſideration en nôtre Ville & dans la Province, que pendant le regne de ce Prince ; Que la beauté & le merite des quatre Princeſſes ſes filles rendirent & la poëſie, & cette Cour d'Amour ſi éclattante, que les plus grands Princes de l'Europe faiſoient gloire de venir prendre leçon de nos Troubadours, pour s'inſtruire de cette verſification, en laquelle ils compoſoient des ouvrages, & de ſe faire recevoir en la Cour du Parlement d'Amour, en laquelle ils étoient ſouvent élus Princes.

Les frequentes inondations que les peuples du Nord avoient ſi ſouvent faites dans l'Italie, dans les Gaules & dans la Province, Les diſſentions & les guerres qui étoient arrivées entre les Princes, qui s'étoient partagez les terres de l'Empire Romain, avoient ſi fort éffaroûché les Muſes, qu'elles s'étoient réfugiées dans les foreſts & dans les deſerts, où elles s'occupoient à donner des leçons aux Bergers. L'ignorance & la barbarie, qui pour le dire ainſi, regnoient ſouverainement par toute l'Europe, les avoient entierement bannies de la Grece & de l'Italie depuis plus de quatre Siecles ; Quand laſſées de ce long exil, elles quitterent les foreſts & les campagnes, & vinrent choiſir leur demeure en cette Province, où elles reclamerent la protection de nos premiers Comtes ; Et l'acüeil favorable qu'elles en reçûrent, leur fit bientôt negliger les Langues Grecques & Latines, pour parler nôtre Langue naturelle, & aprés l'avoir adoucie par les ouvrages de leur Nourriſſons, elles commencerent de ſe faire connoitre ſous le Regne de Guillaume I. lors du Mariage de Conſtance ſa fille, ditte Blanche, avec Robert Roy de France. Cette Princeſſe aimoit avec tant de paſſion cette Poëſie, qu'elle amena avec elle pluſieurs Troubadours en l'an 1007. & qui furent les premiers qui apprirent aux François l'art de compoſer des poëſies rimées. Cette Poëſie ſe perfectionna ſous les Regnes ſuivants, & elle commença de paroitre avec éclat à la Cour de Raimond Berenger IV. dans le temps que ce Prince reçût l'inveſtiture de la Comté de Provence, de l'Empereur Frederic I. enſuite du Mariage qu'il venoit de faire avec Rixende ou Richilde Reine des Eſpagnes ſa Niéce. Ce Prince alla avec ſon Epouſe à Milan où étoit alors l'Empereur. Jl mena avec luy pluſieurs Poëtes Provençaux, qu'il luy preſenta, & qui luy reciterent leurs Poëmes & leurs Chanſons. Frederic trouva leur façon de rimer ſi agreable & ſi ingenieuſe, qu'il les combla de bienfaits, & pour leur témoigner l'agrément qu'il avoit pour cette nouvelle poëſie, il composa luy même en leur faveur cette Epigramme si connuë, & raportée par tous nos Historiens, & par presque tous les Antiquaires François.

PLas mi Cavalier Francés,
E' la donna Cathalana,
E' l'onrar del Gynoés,
E' la Cour de Kastellana,
Lou cantar Provençalés,
E' la dança Trevisana,
E' lou corps Aragonés,
E' la perla Juliana,
Las mans è Kara d'Anglés,
E' lou donzel de Tuscana.

ILs étoient apellez Troubadours, non pas du mot de *Trompatori*, qui veut dire sonneur de Trompettes, comme a crû Petrarque, ce qui est excusable à un Italien, & que je ne sçaurois passer à un Historien de cette Province, qui en parle en ces termes : *Nos anciens Poëtes*, dit-il, *qu'on nommoit Troubadours ou Trombadours, à raison qu'ils chantoient de leurs Poësies sur un instrument, qu'on apelloit Trombe ou Trompe.* Je ne sçais à la verité, quelle sorte d'instrument approchant de la trompette pouvoit s'accorder avec les chansons de nos Troubadours, qui étoient ainsi apellez du Verbe Troubar, qui veut dire inventer ou trouver, ce qui convient tout-à-fait à la poësie, dont l'invention est la plus belle partie. Et en effet j'en trouve une preuve dans les titres & dans les expressions de nos Manuscrits, qui sont de cette maniere. *Aqui son escrics las Tenços que an trobadas los Trobadors de Proença. A qui son escrics las vidas è li noms dels trobadors, que an trobadas las Cansos è las Sirventes que son en aquest libré*, dans lequel en parlant de nos Poëtes il est dit: *Seb fe Juglar, saub ben troubar, vialar è cantar, ben trobet, è cantet, ben trobava è ben cantava, fo bon trobaire, é bon cantaire.* Ce qui faisoit, qu'on les apelloit quelque fois aussi *Juglor*, *Juglar*, *Musar*, *Comics*, comme les premiers Poëtes françois furent nommez *Jongloors*, *Jongleurs*, *Jonglaires*, *Trouvaires*, *Vialeurs & Chantaires.* Ainsi que l'ont remarqué Jean le Maire, du Tiller, Fauchet, Pasquier, & Borel, dans les curieuses recherches qu'ils nous ont laissées des antiquitez Gauloises.

Mais je ne sçaurois aller plus avant, sans expliquer en quelle sorte d'ouvrages la versification Provençale étoit employée, & la maniere dont nos Troubadours tournoient leurs Vers, la mesure & la cadance, qu'ils donnoient à la rime qu'ils avoient inventée. Ils adjoûtoient aux pieds & à la mesure dont s'étoient servis les Poëtes Grecs & Latins, l'assonance & la rime jusques alors ignorées. Bien que dans le temps de la basse latinité, on se fut servi d'une espece d'assonance ou de rime non mesurée; Comme on le voit dans quelques inscriptions qui nous restent de ce temps. Mais on n'y trouve aucune sorte de mesure de vers. Ainsi l'on peut dire avec assurance, que nos Troubadours ont été les premiers qui ont trouvé l'art de rimer, qui consistoit à faire tomber leurs Vers sur une ou sur deux Sillabes égalles, & qui rendissent un même son. Cette maniere de versifier fut si bien reçüë des François, des Italiens & des Espagnols, qu'elle fut bientôt imitée & suivie: Et comme ces Nations ont long temps disputé, qui d'elles avoit rimé la premiere, aucune n'ayant jamais contesté que la poësie rimée ne leur eut été enseignée par les Provençaux, ce qui a fait dire à Pasquier, que les François ont plûtôt rimé que les Italiens & que les Espagnols; puisque n'ayant jamais disputé à la Provence l'invention de la Poësie rimée, ils devoient aussi convenir que la Provence étant du vieux Domaine des Gaules, plus voisine de la France que l'Espagne & que l'Italie, les François les avoient dévancez à ces sortes d'ouvrages.

Passons cependant à la maniere de versifier de nos Poëtes, & à la difference des ouvrages qu'ils composoient. Ils faisoient des Chansons, des Tençons, des Sirventes, des Sonts, qui devinrent Sonnets dans la suite, des Madrugales, Madrigales ou Martingales, qui sont les Madrigaux des François & les *Madrigaleti* des Italiens. Ils composoient encore des Comedies, dans lesquelles ils jouoient également les actions des Grands & celles du peuple, suivant l'exemple de Lucilius raporté par Horace, ce qu'ils faisoient avec moins de prudence, que ce Poëte, qui vivoit sous une Republique; Au lieu que nos Troubadours vivant sous un Etat monarchique n'épargnoient pas même nos Princes.

Voyons la difference de ces Poësies. Nos Troubadours celebroient dans leurs Chansons les combats, les victoires, & les amours des Rois & des Princes, les actions heroïques, & les galanteries des Grands Seigneurs & des Dames de leur temps. Leurs Sirventes étoient proprement des Satires, dans lesquelles ils tomboient sur les vices des Usurpateurs & des Tirans, sur l'avarice & sur les entreprises des Prelats, & sur l'hypocrisie des gens d'Eglise. Ils agitoient dans leurs Tençons des questions d'amour, & les disputes amoureuses des Chevaliers & des Dames, dans lesquelles ils introdüisoient en forme

de

de Dialogue, deux ou trois Poëtes, l'un desquels proposoit la question, & sur les differentes opinions des uns & des autres, & aprés avoir deduit toutes les raisons qu'ils avoient pour soûtenir leur cause, ils convenoient de les faire juger par les Grands Seigneurs & par les Dames de la Cour de nos Princes, qu'ils choisissoient eux mêmes pour Juges, ausquels ils remettoient la decision de leurs differens ; Et comme ces questions étoient tres frequentes, nos Dames se rendirent si habiles en cette matiere, qu'elles étoient consultées de toutes parts pour la décision de semblables démêlez. C'est ce que j'ay justifié par la lecture des Tençons de nos Troubadours, ceux qui en ont écrit avant moy n'ayant pas assés expliqué la chose, soit qu'ils n'eussent pas lû le reste de leurs ouvrages, qui sont presque entierement perdus, ou que les ayant en main, la rudesse du langage, & la difficulté qu'ils avoient même de les lire, les eut empêché de prendre les instructions necessaires, pour s'éclaircir de ce qui est contenu dans ces Poësies, tant pour la connoissance des mœurs de ces Siecles éloignez & obscurs, que pour les faits qui pouvoient nous donner de plus grandes lumieres, de ce qui se passoit & se pratiquoit dans la Cour de nos princes. Et ce n'est que par la lecture d'un Manuscrit, qu'Hubert de Gallaup Avocat general en ce Parlement mon frere, fit transcrire sur celuy qui est dans la Bibliotheque du Louvre, contenant la vie & les mœurs de nos Troubadours Provençaux, que je découvre l'origine & l'établissement de ce Parlement d'Amour, qui est le sujet que j'expose en cet Arc.

La premiere Tençon, qui se trouve dans ce Manuscrit, est une dispute entre trois Troubadours, qui sont, *D'en Savaric de Mauleon, en Gausselin Faidits, & en Nugo de la Baccaleria*, tous trois distinguez par la qualité, ou par le sçavoir.

Savaric de Mauleon étoit un des plus grands Seigneurs de ce temps, fils de Henry de Mauleon, Baron de Mauleon, de Talarmon, de Fontenay, de Castel-aillon, & de plusieurs autres Terres, riche, liberal & magnifique, ayant toûjours une Cour de Troubadours auprés de luy, lesquels il combloit de presens, entre lesquels étoient Anselme Faidits, & Hugues de la Baccaleria, tous deux d'un Bourg nommé Userte Diocese de Limoges, plus considerables par leur Poësies, que par leur naissance. Ce Seigneur qui n'étoit pas Anglois, comme l'a crû Nostradamus, mais Poitevin, propose à ces Troubadours, quelle faveur étoit la plus grande entre trois Amans, dont le premier avoit reçû un regard favorable de sa Dame, le second auquel elle avoit ſerré la main, & le troiſiéme à qui cette Belle avoit preſſé le pied; Et voicy de quelle maniere ils agitent cette Queſtion.

PREMIERE TENÇON.

SAVARIC DE MAULEON.

GAuſſelin tres jocs en amor ats,
Partits a vos, & an Ugon;
E' chaſcun prendets lo plus bon,
E' laißats mi cal qu'eus voillats,
Q'una Domna a tres Prejadors,
E' deſtreing la tan lor amors,
Que quant tuit trei li ſon denan,
A chaſcun fai d'amor ſemblan;
L'un esgarda amoroſamen,
A l'autre eſtreing la man douçamen,
El ter chauſi, el pe riſen;
Digats al qual pois aiſſi es,
Fai major amor de tot tres.

Ce que j'explique de cette maniere.

Gauſſelin, il y a trois jeux en amour, partagez entre vous & Ugon, & vous choiſirez chacun le meilleur, & laiſſez moy celuy qui vous plaira. Une Dame a trois Amans, & elle leur témoigne tant d'amour, que quand ils ſont auprés d'elle, elle fait ſemblant de les aimer tous trois; Elle en regarde un amoureuſement, à l'autre elle ſerre doucement la main, elle preſſe le pied au troiſiéme; Dittes donc, puiſque la choſe eſt ainſi, auquel des trois elle témoigne plus d'amour.

GAuſſelin prend le parti du regard, & dit dans la Stance qui ſuit, que les yeux ſont les miroirs de l'Ame, & les ambaſſadeurs du Cœur; & qu'ainſi, cette faveur eſt préferable à celle, de celuy à qui la Dame a ſerré la main, & à celle de celuy à qui elle a preſſé le pied; & que c'eſt par les yeux que l'amour entre dans le cœur, s'y maintient & y établit ſon Empire.

Nugo de la Baccaleria dit au contraire, qu'il n'y a point de faveur pareille à celle que fait une Dame, lors qu'avec une main blanche ſans gant, elle ſerre celle de ſon Ami, que c'eſt par l'attouchement de la main, que l'amour explique le consentement du cœur.

Savaric de Mauleon soûtient que ces deux faveurs ne sont pas comparables à celle, de celuy à qui la Dame a pressé le pied, que jamais l'amour ne s'exprime mieux que par le secret; & qu'ainsi celuy qui a receu cette marque d'amour secrette, est celuy qui est le plus aimé; Et comme ils ne peuvent convenir, ils choisissent la Dame Marie de Bon-prix & la Dame Guillemette de Bel-avoir, pour decider cette difficulté.

Dans la Tençon qui suit, le Comte de Foix est seul choisi pour Juge, & dans presque toutes les autres, les Seigneurs & les Dames sont indifferemment choisis, pour le jugement de la question proposée par les Troubadours; Et à la verité on trouve en ces sortes de Poësies, que dans la rudesse du langage, & dans l'ignorance du Siécle, on ne manquoit pas toute fois d'esprit ny de politesse, ainsi qu'on l'observera dans les deux autres sujets des Tençons, que je mets pour éclaircir entierement la matiere. En l'une il est proposé; Si une Dame qui avoit pris des presens d'un Chevalier, pour le don *d'amoureuse mercy*, pour me servir de leurs termes, & si le Galant qui avoit fait de semblables presens, n'avoient pas commis l'un & l'autre un crime de Simonie en amour; L'un soûtenoit que les dons d'amour sont spirituels, qu'ils ne pouvoient, ny ne devoient étre achettez, ny vendus, que toute sorte de pactes lucratifs en cette matiere étoient simoniaques; Qu'ainsi tant le Chevalier que la Dame, étant convaincus de ce crime, avoient encouru la peine d'excommunication en amour. L'autre répondoit au contraire, qu'il n'y avoit point de spiritualité en ce fait, que tout y étoit corporel, réel, & sensüel; & que par ainsi il n'y avoit pas lieu de Simonie; Et que même dans le Mariage on se faisoit des dons mutuels, autôrisez par la Loy & par la Coûtume. Concluoit à ce que son Collegue fût declaré non recevable en une semblable demande, en laquelle, le seul Procureur General d'Amour étoit partie legitime.

En l'autre qui étoit survenuë entre Alfonse Roy d'Aragon, & Giraud de Bourneüil, en laquelle on agite, s'il est meilleur pour une Dame, d'étre aimée de son Prince, ou d'un Gentil-homme; Le Roy soûtient qu'il n'y a point de proportion, & de choix à faire sur un pareil sujet; Que les Têtes Couronnées ont un caractere qui tient de la Divinité, qui se communique à une Maîtresse; Qu'elle obtient par un semblable amour les qualitez les plus eminentes d'un Royaume, dans lequel elle devient la plus considerable. Bonnüeil répond à cette proposition, que s'il est vray que les Souverains & les grands Princes comme luy ont un caractere divin, que ce caractere inſpire plûtôt le reſpect & la crainte que l'amour, & qu'enfin on craint beaucoup plus les Dieux, qu'on ne les aime ; Que l'approche d'un Roy flatte une ame ambitieuſe, Mais que l'inegalité ne peut jamais faire naître un veritable amour. Toutes ces Tençons ou ces diſputes amoureuſes, étoient renvoyées aux Dames, & aux Seigneurs, comme nous l'avons déja remarqué. Elles commençoient de s'aſſembler & de prononcer les Jugemens, qu'elles rendoient en nôtre Ville, auſquels elles donnerent le nom d'Arreſts ; Mais elles reſervoient les queſtions les plus difficiles, qu'elles alloient decider pendant l'Automne dans les Châteaux de Pierrefeu & de Signe, à cauſe que les Dames de Pierrefeu & de Signe, jeunes Veûves de cette Cour étoient en une plus grande liberté dans leurs Terres, que les autres Dames, pour y recevoir les Seigneurs qui aſſiſtoient avec elles à ces Jugemens, & pour decider les queſtions qui leur étoient renvoyées, par les Troubadours ; Et voicy les noms & les qualités des Dames Jlluſtres, qui compoſoient cette Cour, ou ce Parlement d'Amour, & qui ſont les mêmes qui ſont repreſentées dans le grand Tableau de cet Arc. Stephanete Dame des Baux, fille du Comte de Provence, Adelaſie Vicomteſſe d'Avignon, Alaete Dame d'Ongle, Hermiſſende Dame de Poſquieres, Bertrande, Dame d'Orgon, Mabile Dame d'Hieres, la Comteſſe de Die, Roſtagne Dame de Pierrefeu, Bertrande, Dame de Signe, & Jauſſerande de Clauſtral.

Aprés avoir nommè les Dames qui compoſoient ce Parlement, il eſt juſte que je faſſe connoitre les Seigneurs & les Chevaliers, qui s'appliquant à la Poëſie, donnoient matiere à la deciſion des Tençons, & jugeoient eux mêmes les difficultez qui y étoient propoſées conjoinctement avec les Dames. Ceux que je trouve les premiers, ne ſont pas moins conſiderables par leur haut rang, que par leur eſprit, & par leur merite ; Et ce ſont les mêmes qui ſont peints avec nos Dames, dans le grand Tableau de cet Arc. C'étoient Berard de la Maiſon des Princes des Baux, Boniface de Caſtellane, nommé le Prince de Caſtellane, Hugues de Laſcaris, reſte de la maiſon des Empereurs d'Orient, Reimond Jourdan des Vicomtes de St. Antoine, Bertrand des Vicomtes de Marſeille, Guillem Ademar Seigneur de Grignan, Bertrand de Puget, Luc de Grimaldi, Savaric de Mauleon, & tant d'autres, qui faiſoient dire à toute l'Europe, que la Provence, & particulierement la Ville d'Aix, étoient la Boutique des Troubadours.

Ce premier Parlement ſe maintint en une entiere autôrité, juſques à ce que Phanette des Gantelmes Tante de la belle Laure de Sado, ſi celebrée par François Petrarque, en eut formé un ſecond,

à

à l'exemple & à l'instar de celuy qui avoit été fondé par la Comtesse des Baux. Il étoit composé de plusieurs Dames, qui s'assembloient à Romany, où elles decidoient les mêmes difficultez que les autres. Phanette des Gantelmes étoit Dame de ce lieu ; Elle aimoit avec passion sa Niéce, qu'elle tenoit auprés d'elle. Comme elle avoit une connoissance entiere de la Poësie & des belles Lettres, elle instruisoit Laure de toutes les beautés, & de toute la delicatesse de cette versification : Et cette belle Demoiselle avoit si bien profité auprés de sa Tante, qu'elle passoit pour la personne la plus sçavante, & la plus accomplie, qui vécut alors ; Ainsi qu'on le remarque dans les Sonnets du divin Petrarque. Elles établirent l'une & l'autre cette Cour de Parlement d'Amour. Elles passoient les hivers à Avignon, & la belle saison à Romani, où elles s'employoient à juger de semblables procez avec les Dames de ce second Parlement, qui étoient Jeanne des Baux, Huguette de Forcalquier Dame de Trés, Briande d'Agoult Comtesse de la Lune, Mabile de Villeneuve Dame de Vence, Beatrix d'Agoult Dame de Sault, Isoarde de Roquefeüil Dame d'Ansoüis, Anne Vicomtesse de Tallard, Blanche de Flassans surnommée Blanchefleur, Douce de Moustiers Dame de Clemens, Antoinete de Cadenet Dame de Lambesc, Magdelaine de Salon, Dame de ce lieu, Rixende de Puisvert Dame de Trans.

L'absence de nos Princes, que la Conquête des Royaumes de Naples & de Sicile éloignoit de cette Province, & le sejour que les Papes faisoient en ce temps à Avignon, avoient extrémement diminué la Cour du Parlement d'Aix, & grossi celle d'Avignon, sur tout, sous le Pontificat de Benoit XII. auquel temps elle fut augmentée des Marquises de Malespine, & de Salusses, d'Ugone fille du Comte de Forcalquier ; Et en effet je trouve dans les Annales de cette Cour, que sur une difficulté contenuë en une Tençon, composée par deux Troubadours Italiens en Rimes Provençales ; C'étoient Simon Doria, & Lanfranc Cigale, tous deux de Maisons illustres de la Ville de Genes, pour sçavoir, qui devoit étre réputé plus liberal, ou celuy qui donnoit agreablement, ou celuy qui donnoit à contre-cœur ; La Tençon fut renvoyée au Parlement d'Aix, tenant les grands jours alors à Signe ; Et comme le Jugement rendu par cette Cour ne fût pas au gré de ces Gentils-hommes, ils en apellerent à celle d'Avignon, étant à Romani, qui rejugea la question. Ce qui fait voir que nôtre Parlement d'Aix commençoit à s'amoindrir, puisque ses Arrests étoient sujets à apellation ou à révision ; Et que le sejour que faisoient les Papes à Avignon, rendoit celuy là beaucoup plus considerable, tant par la qualité & par le merite des Dames, qui le composoient, que par celuy des Chevaliers & des Seigneurs, qui assistoient avec elles à ces Jugemens, & par le grand nombre des Troubadours, qui faisoient sans cesse des Vers à leur gloire. Ce qui leur acquit une si haute estime, que lors que les Comtes de Vintimille & de Tendes, vinrent visiter le Pape Innocent VI. ce Pontife fit assister ces Seigneurs aux Audiances, que tenoient ces Dames, qui resterent autant surpris de leur beauté, que d'entendre les Jugemens & les Decisions, qu'elles prononçoient en fait d'Amour. Mais ce Parlement fut enfin dispersé par une peste, qui survint alors, & qui dura trois années, de laquelle moururent la plusspart de ces Dames; Peste qu'on attribuoit à une punition divine, pour les malversations, usures, prevarications, rapines & simonies, qu'exerçoient les Ministres de la Cour de Rome, desquels le *Monge* des Isles d'Or, un de nos Troubadours dit que ces Dames étoient *las Drudas*, c'est-à-dire les Maîtresses. Entre les Poëtes ou Troubadours, que la Cour des Papes avoit attirez à Avignon, étoit Marchebruse Gentil-homme du Poitou, dont la mere étoit de l'illustre Maison de Chabots. Cette Dame composoit des rimes Provençales, aussi bien qu'aucun des Poëtes de ce temps; Elle tenoit Cour d'Amour pleniere dans Avignon, & n'étoit pas assûrement des amies de Laure, ny de Phanete des Gantelmes, puisque l'on croyoit alors, que c'étoit contre cette Dame, que Petrarque avoit fait les Sonnets, qu'on disoit, qu'il avoit composés contre Rome, dans lesquels elle est apellée, *Malvagia*, *Avara Babilonia*, *Nido di tradimento*, *Fontana de dolore*, & un autre Poëte de ce temps, la nomme, *la Paillarda d'Amor*. La Cour, que tenoit cette Dame, eut le même destin que les autres, & l'on n'entendit plus dés lors parler de ces Parlemens, & tres-peu de la Poësie, par le retour que les Papes firent à Rome, à cause que la plusspart des Poëtes suivirent cette Cour, & que Philippe le Long Roy de France étant encore Comte de Poitou, avoit amené à Paris avec luy plusieurs Gentil-hommes de cette Province, sçavans en cette versification, ausquels il avoit donné les premieres Charges de sa Maison. C'étoient Pierre Milon Gentil-homme du Poitou, qu'il fit son premier Maître d'Hôtel, Bernard de Marchis, qui fut son Chambellan, Ozil de Cadars de Caderousse, qui fut un de ses Ecuyers, Loüis Emeric Sr. de Roche-fort, auparavant Secretaire du Roy d'Aragon, lequel ensuite d'une calomnie qui luy avoit été faite auprés de ce Prince, entra au service de Philippe, qui le fit aussi son Secretaire, & de quelques autres Gentils-hommes, que l'envie des Poëtes François, & la malice des Juifs firent perir avec les eaux des Lepreux, sous le Regne de Loüis Hutin, qui avoit fait des Ordonnances pour chasser cette vermine de son Royaume. Ce fut donc sous le Pontificat de Gregoire XI. sur la fin du Regne de la Reine Jeanne, que cesserent ces Parlemens d'Amour, qui au Raport de Nostradamus avoient commencé en l'an 1162. & qui avoient fini en 1382. Bien que j'aye justifié, que les Troubadours ètoient encore plus anciens dans la Province; Et comme il n'y avoit plus de Mecenes pour les proteger, nos Souverains étant occupez dans l'Italie; Et le Regne de Loüis d'Anjou, que la Reine Jeanne avoit adopté, aussi bien que celuy de Loüis II. son fils, ayant èté assés tumultueux, les Muses negligées en Provence, passerent en France, en Italie & en Espagne; Et quoyque pût faire quelque temps aprés René le Bon, nôtre penultiéme Comte, pour rétablir & la Cour d'Amour & la poësie, il n'en pût jamais venir à bout, tant il est difficile de faire revenir les Sciences, & la Galanterie en un Païs où elles ont cessé d'ètre cultivées.

La passion que ce grand Prince avoit pour les belles Lettres, & pour tous les Arts Liberaux, auroit peut-être rétabli la Poësie, à quoy il donnoit tous ses soins, & toute son aplication; & dans cette vûë il composoit luy même des Poëmes & des Misteres, recompensoit les Poëtes, qui remplissoient le mieux les sujets & les mots, qu'il leur donnoit: Et pour faire revivre la Cour d'Amour, il crea un Prince d'Amour, auquel il donna des Officiers, pour connoitre de toutes les matieres, sur lesquelles ces Parlemens avoient autrefois étendu leur Jurisdiction. Il établit pour l'entretien des Officiers de ce Prince, qui ètoit annuel, ainsi que l'ètoient ceux du Parlement d'Amour, un droit, vulgairement apellé Pelote, qu'on faisoit payer à ceux & à celles, qui se marioient en secondes nôces, pour punir leur inconstance, & l'infidelité qu'ils faisoient à leurs Maris ou à leurs femmes défunctes, & sur ceux ou celles qui épousoient des ètrangers ou des ètrangeres; Mariages qui se font ordinairement par avarice, & ausquels l'amour n'a presque jamais aucune part. Cette charge a subsisté jusques en l'année 1668. en laquelle Mrs. du Corps de la Noblesse ayant representé au Roy, qu'elle leur ètoit onereuse, Sa Majesté déferant à cette rémonstrance la suprima, & nôtre Ville où ce Prince venoit paroître en ceremonie, le jour de la Fête Dieu, en memoire éternelle de la premiere érection du Parlement d'Amour, qui y avoit tenu ses premieres seances, fait subsister cette Principauté par un Lieutenant de ce Prince, qu'elle crée toutes les années. Mais la mort du Roy René, & le peu de durée du Regne de Charles du Maine son Néveu & son heritier, empêcherent que les projets de ce bon Prince ne vinssent à une heureuse fin, & la Provence ayant été laissée par son Successeur à Loüis XI. & étant ainsi réünie à la Couronne de France, elle a suivi les Loix des Princes, sous lesquels elle étoit heureusement tombée : Et cette Langue, aussi bien que cette Poësie, que les Empereurs, les Rois, & les Princes venoient aprendre avec tant de plaisir, que les François, les Italiens, les Espagnols, & les Anglois, cultivoient avec tant de soin, cette Langue, dis-je, que nos Troubadours employoient avec tant de succés en tant de sortes d'ouvrages, est si fort déchûë ou negligée, qu'ayant cedé à la Langue dominante tous ses agrémens & toutes ses beautez, elle a resté comme le joüet de la populace, qui en a conservé les Satires, qu'elle apelle farces, & qui sont les anciennes Sirventes de nos Troubadours.

J'ay crû qu'il étoit necessaire de donner cette connoissance, avant que de faire la description de cet Arc, dans lequel j'ay disposé la Seance, que je donne au Parlement d'Amour, comme la dispose Martial d'Auvergne, Procureur au Parlement de Paris, autrement dit, Martial de Paris, qui écrivoit en l'année 1480. & qui a fait la Compilation de 51. Arrests rendus par le Parlement d'Amour ; Et quoy que Varillas assûre dans la Preface de son Histoire de Charles VIII. qu'il n'avoit fait cet ouvrage, que pour égayer son esprit, & que dans ces Arrests, qui furent alors traduits en diverses Langues, il se joüe du Duc de Bourbon, pour divertir la Comtesse de Beaujeu, à laquelle il étoit entierement dévoüé, il est certain toutefois, que ces Arrests ont été pris la plûspart dans les ouvrages de nos Troubadours. Il étoit d'un temps voisin de la cessation de nôtre Poësie, & d'un Païs qui avoit donné beaucoup de Poëtes à la Province, & particulierement Giraud de Borneüil, dit *Maestré dals Trobadors*, qui étoit de la même Ville, & qui vivoit un Siécle avant luy. Et c'est sans doute des ouvrages de ce Poëte, qu'il avoit pris ces Arrests, qui furent reçûs avec tant d'aplaudissement, que Benoit le Court, fameux Jurisconsulte, y fit peu de tems aprés, un sçavant Commentaire, dans lequel il établit la Jurisprudence de ces Jugemens, par l'autôrité des Peres de l'Eglise Grecque & Latine, par le Texte de la Loy, par la Glosse, & par le témoignage des Poëtes Grecs & Latins ; Et ce fut quelque tems aprés, que pour mieux établir cette Jurisprudence, Coquillart Chanoine & Official de Reims fit les droits nouveaux d'Amour, & que

& que l'heureux Rival de Cujas * fit un Traité sur cette matiere, qu'il apelle, *Cupido juris peritus*.

* Forcadel.

Ainsi c'est sur ce raport, & sur ce que je trouve dans nos Manuscrits, que j'ay pris le rang que je donne aux Officiers, & aux Officieres de ce Parlement, qui étoit composé d'un Prince, (Charge annuelle que le Roy Richard, le Roy Alphonse d'Aragon, le Dauphin d'Auvergne, & nos Souverains remplissoient alternativement, & à leur défaut les Princes, & les plus Grands Seigneurs de cette Province) des Presidents & des Presidentes, des Conseillers Clercs, des Conseillers, & des Conseilleres Laïques, d'un Avocat, & d'un Procureur General, d'une Avocate Generale, de Greffiers, de Secretaires, & des Huissiers de l'un & de l'autre Sexe : Et je leur donne les habillemens suivant l'usage d'alors, & comme ils sont dépeints dans le Livre des Arrests d'Amour, où la chose est écritte de cette maniere.

Le President tout de drap d'or,
Avoit Robbe fourrée dermines.
Et sur le col ung camail d'or,
Tout couvert desmeraudes fines.
Les Seigneurs lais pour vestement.
Avoyent robbes de vermeil,
Frangées par hault de dyamans,
Reluysans comme le Soleil.
Les autres Conseilliers d'Eglise,
Estoyent vestus de velours pers,
A grand fueillage de Venise,
Bordez à l'endroit, & l'envers.
Dessus sy avoient leurs manteaux :
Tant de grosses perles barrez,
Fermans a moult riches fermeaux.
Et puis leurs chapperons fourrez.
Aprés y avoit les Deesses,
En moult grand triumphe, & honneur :
Toutes Legistes, & Clargesses,
Qui scavoyent le Decret par cueur.
Toutes estoyeut vestües de verd,
Fourrées de penne de letisses.
Et avoient leur Col tout couvert,
De colliers d'or, gents & propices.
Puis portoyent attours à ces fins,

Moult excellens, & precieulx :
Qui estoient si deliez & fins,
Que on veoit leurs beaulx cheveulx.

ON voit par ces Vers le rang, que les Officiers de cette Cour tenoient en ces sortes d'Assemblées ; Mais on n'y trouve pas par la negligence de nos peres, si ceux, qui étoient receus en ce Parlement avoient des Provisions de leurs Charges, si elles étoient expediées au nom du Prince, ou de celuy de Cupidon, s'ils avoient des Gages, si pour le jugement des procés ils prenoient des épices, si les Offices étoient venaux, si ces Parlemens étoient divisez en Chambres Civiles & Criminelles, le temps auquel il distribuoient la Justice, la maniere avec laquelle ètoient scellez & expediez leurs Arrests : Et comme je n'ay rien trouvé dans les Archifs de cette Province, pour m'en èclaircir, je suis obligé de recourir encor à l'autôrité du même Martial d'Auvergne, qui en parle de cette sorte.

Environ la fin de Septembre,
Que faillent violettes & flours :
Je me trouvay en la grand Chambre,
Du noble Parlement d'Amours.

IL paroit par ces Vers, que s'il y avoit une Grand-Chambre, il y en avoit aussi quelques autres, & par les Arrests recüeillis par nôtre Auteur, il paroit que cette Cour étoit composée, comme les autres Parlemens du Royaume, qu'il y avoit Parquet, Chancellerie, & Greffe ; Et quant aux épices, & autres émolumens, les Pelotes, que le Roy René avoit établies pour le Prince d'Amour, lors de sa creation, justifient qu'on prenoit des épices, lors des Jugemens de ces sortes de procez.

Je n'ay pas toutefois regulierement suivi dans cette Seance le rang que Martial d'Auvergne donne à cette Cour ; Car il met les Presidents & les Conseillers Clercs & Laïques avant les Dames, ce qui semble contraire à l'établissement de la seconde Cour d'Amour, en laquelle les Dames primoient & jugeoient decisivement, ne prenant les voix & les suffrages des Princes & des Chevaliers, qui se trouvoient avec elles, que comme des voix consultatives. Je forme au contraire une Cour Mi-partie, comme l'étoit celle d'Aix, & je place les Presidents & les Presidentes, les Conseillers & les Conseilleres alternativement, les uns avec les autres ; puisque je vois dans mes Manuſcrits, que dans ces ſortes de Jugemens, les Dames decidoient conjointement avec les Seigneurs. Et je ne ſuis pas du ſentiment de Benoit le Court, qui agite dans ſes Commentaires, ſi les Dames ſont propres à pouvoir aſſiſter à des Jugemens, non pas, dit-il, parce que les Dames n'ont point de jugement, & qu'ainſi elles ne ſçauroient donner, ce qu'elles n'ont pas, mais à cauſe que par la Loy elles ſont privées de toute fonction publique. Il faut toute fois convenir, qu'à l'exemple de Debora, comme il eſt raporté dans le vieux Teſtament, au Livre des Juges, & même ſuivant la Loy & l'Uſage ſuivi en France, où les Reines ont ſouvent la Regence de l'Etat, dans l'Eſpagne, & dans l'Angleterre, où elles ſuccedent, on ne doit pas diſputer, qu'elles ne doivent étre maintenuës en une eſpece de Juriſdiction, plus encore en cette Province, où nos Princeſſes ſuccedoient à la Couronne; Et à la verité, ſi l'on s'aviſoit de créer des Charges, qui donnaſſent quelque autôrité au beau Sexe, on ne tarderoit pas icy, non plus que dans le reſte du Royaume, de les voir bientôt occupées.

C'eſt tout ce que j'ay pû recüeillir au ſujet de ce Parlement d'Amour, depuis le Regne de Guillaume I. juſques à la fin de celuy de la Reine Jeanne. Et quant à la Poëſie, elle n'avoit pas tout-à-fait ceſſé, elle ſe maintenoit par l'établiſſement des Cours de Poëſie, dans leſquelles on propoſoit des prix pour ceux qui avoient le mieux réüſſi, & rempli les mots & les ſujets, qui étoient donnez par le Roy ou le Prince; Charge annuelle, & qu'on donnoit à celuy, qui avoit remporté le prix. Ce qui faiſoit qu'à la fin des Balades ou des Chants Royaux, on en adreſſoit toûjours l'envoy au Prince; Ainſi qu'on le pratiquoit aux jeux floraux de Toulouſe.

Il me ſemble que j'ay aſſés diſcuté cette matiere, & qu'il eſt temps que je vienne au détail de l'explication de nôtre machine.

Cet Arc eſt dans l'ordre Corinthien, au haut duquel eſt repreſentée la Cour d'Amour en Seance, tenant ſon Audiance, en laquelle la place du Prince, & celle du Premier Preſident reſtent vuides, les autres places étant alternativement occupées par les Preſidents & par les Preſidentes, par un Conſeiller Clerc, par les Conſeillers, & les Conſeilleres Laïques, & qui ſont les mêmes que j'ay déja nommez, qui tenoient le premier Parlement d'Amour; Au deſſous deſquels ſont les gens d'Amour, tenant le Parquet, qui ſont un Advocat, & un Procureur General, ayant une Avocate Generalle au milieu; Et comme j'ay fait connoitre les Preſidens, &

les Presidentes, les Conseillers, & les Conseilleres, il est raisonnable que je fasse connoitre aussi les gens d'Amour.

Le premier est Guillaume Durand, qui à ce qu'en dit Nostradamus, étoit de l'ancienne famille de Durand de cette Ville. C'étoit le plus habile Jurisconsulte de son Siécle, & il n'étoit pas moins recommandable par son érudition, que par une memoire si prodigieuse, qu'il retenoit par cœur un Roman, quelque long qu'il fut, en une seule lecture. Il s'étoit appliqué dans ses jeunes ans à la Poësie Provençale, en laquelle il avoit composé de tres-beaux Ouvrages, & il ajoûtoit à tant de divers talens dignes de luy faire remplir la place, qu'il occupe, une tendresse de cœur si grande, qu'ayant appris que Barbe des Balbs, de laquelle il étoit amoureux, étoit mourante, & quelques momens aprés qu'elle étoit morte, il mourut à cette triste nouvelle. Un exemple d'Amour si extraordinaire fit, qu'on resolut d'ensevelir ce Couple Amoureux dans le même Tombeau. On porte leur Corps à la Sepulture, quand au moment, qu'on alloit les ensevelir, Barbe donne des marques de vie. On la raporte à sa maison; Et nôtre Avocat general est mis dans le Tombeau destiné pour luy & pour sa Maîtresse, qui y fut ensevelie quelques années aprés, l'ayant ainsi ordonné par son Testament, en memoire de l'amour que Durand avoit eu pour elle.

Nazalais de Porcarages occupe la Charge d'Avocate Generale. Elle étoit du voisinage de la Ville de Montpelier, & étoit tres sçavante en poësie, elle étoit amoureuse de Guy Guerciat frere de Guillaume de Montpelier, pour lequel elle avoit composé plusieurs belles Chansons. Son merite & sa qualité la firent connoitre, & l'attirerent à la Cour de nos Princesses, où elle obtint la Charge d'Avocate Generale en nôtre Parlement d'Amour.

Cadenet Seigneur de la quatriéme partie du Lieu de Cadenet, est le Procureur General de ce Parlement. Son sçavoir, sa qualité & son merite, luy avoient fait obtenir cette place. Il avoit été amoureux de Marguerite de Riez, mais la legereté de cette Dame l'ayant rebuté, il s'attacha auprés de la Demoiselle de Blacas, ditte Blaccasone, à la loüange de laquelle il fit plusieurs Poësies; Il avoit apris auprés de ses deux Maîtresses toutes les finesses qui se pratiquent en Amour, & s'étoit par là rendu capable de s'acquitter dignement de cet important employ.

Les gens d'Amour sont habillez comme les Conseillers, & bien que le Secretaire, les Greffiers & les Huissiers de l'un & de l'autre Sexe, soient habillez de la même couleur, leurs habits n'ont pas les mêmes

mêmes ornements, & sont même differentiez par les Chaperons ; ceux des Greffiers n'ayant aucune fourure, & les Huissiers n'en ayant point. Les Greffiers & le Secretaire sont assis derriere le Bureau.

Sous les degrés de la place du Prince est peint le premier Huissier, tenant divers Cartels à la main, tandis que de l'autre côté une Huissiere fait faire silence.

Les deux Cliens, & les deux Clientes, qui sont à genoux au Parquet de l'Audiance, attendent le jugement de leurs causes, qui doivent étre plaidées par les quatre Troubadours, qui sont au Barreau, où ils tiennent les places des Advocats habillez, comme nous les voyons representez dans nos anciennes Chroniques, & suivant l'usage du Siécle 1100.

Le premier, qui est peint au côté droit, tenant des papiers à la main, est Pierre de Châteauneuf Gentil-homme de cette Province, il étoit trés versé aux belles Lettres, & particulierement à la Poësie, ce qui luy avoit attiré la protection & la faveur de Beatrix heritiere de Provence, à l'honneur de laquelle il fit de tres-belles Poësies, lors qu'elle fut couronnée Reine des deux Siciles. Il étoit si éloquent, & sa voix avoit des charmes si puissans, qu'on conte de luy, qu'ayant été volé par une troupe de Brigands au Bois de Vallongue, prés de Roquemartine, & ces Voleurs aprés luy avoir pris son cheval & son argent, voulant le dépoüiller & le tuer, il les conjura de luy donner le temps de faire ses prieres, ce qui luy ayant été accordé, il chanta une de ses Tençons avec tant de grace, & leur parla avec tant de force, que les ayant attendris & persuadez, ils luy rendirent son argent & son cheval, & le renvoyerent.

Le second est Fouquet de Marseille, originaire de la Ville de Genes ; son érudition & son esprit luy procurerent les bonnes graces de Richard Roy d'Angleterre, d'Alfonse Roy d'Aragon, de Reimond Comte de Tolose, de Barral Vicomte de Marseille, & d'Adelasie son Epouse, à la gloire de laquelle il avoit composé plusieurs Chansons ; Mais comme ces Princes moururent presque en même temps, aussi bien que la belle Adelasie, de laquelle il étoit extrémement amoureux, penetré de douleur il prit l'habit de Religieux de l'Ordre de Cisteaux, & il fut élû quelque temps aprés Abbé de l'Abayie de Toronet, puis Evêque de Marseille, & enfin Archevêque de Tolose.

Le troisiéme est Hugues de Pena, qui ayant remporté le prix de la Poësie Provençale, merita d'étre couronné de Lauriers des mains de la Reine Beatrix, qui conçût tant d'estime pour ce Troubadour, qu'elle demanda à Charles ſon Epoux de le faire Secretaire de ſes Commandemens, ce qu'elle obtint.

Pons de Merindol Gentil-homme de cette Province, eſt le quatriéme, qui eſt peint au bas de ce Tableau, & bien que Noſtradamus ne l'ait point connû pour Poëte, il l'étoit toutefois ; Et voicy de quelle maniere en parle mon Manuſcrit.

Pons Merindol ſi fo un gentil Caſtelans de Proença Seigner de Merindol, que es en riba de Durença, valens Cavaliers, larcs, bon guerriers, ben avinens, & bon Trobador. Enamoret ſe de Na Caſtel ſa gentil Donna d'Alvergne, que era en la Cort de la Reina Beatrix de Proença, que lo amet, & fet de lui mantas bonas Canſos, era la Donna mout gaja, mout enſeignada, & mout bella.

Ce qui veut dire. Pons de Merindol fut un gentil Chaſtelain de Provence, Seigneur de Merindol, qui eſt ſur le bord de la Durance, vaillant Chevalier, liberal, bon guerrier, courtois, & ſçavant Poëte ; Il ſe rendit amoureux d'une Dame d'Auvergne, apellée Caſteloſa, qui ſuivoit la Cour de la Reine Beatrix de Provence. Cette Dame répondit à ſon amour, & fit pour luy de fort bonnes Chanſons, elle étoit guaye, bien élevée, & fort belle ; Ce qui me fait preſumer, que ce Pons de Merindol étoit fils de Pons de Merindol, qui étoit auprés d'Idelfons II. dont parle Noſtradamus, qui dit que ſes Devanciers avoient donné le nom au Bourg de Merindol.

Châteauneuf parle pour cet Amant, & dit que ſa partie avoit ſi tendrement aimé la Demoiſelle, qu'on voit aux pieds de la Cour, qu'aprés un ſervice de pluſieurs années, & aprés luy avoir abandonné ſon cœur & ſa liberté, il luy avoit encore fait une donnation de tous ſes biens, pour laquelle obtenir, la Demoiſelle avoit promis audit Amant demandeur, de le recompenſer de tous les dons d'Amour, & de ne jamais ſe ſeparer de luy, & que comme aprés la donnation faite par l'Amant, & acceptée par la défendereſſe il a voulu continuer ſon ſervice en amour, elle ne s'eſt pas contentée de luy faire toute ſorte d'outrages, mais encor elle luy a fait indignement fermer les portes de ſa maiſon, ce qui eſt un crime d'ingratitude ſi grand, & ſi prohibé par les Loix, qu'il demande à la Cour, que la donnation par luy faite ſoit revoquée, & miſe au neant, à quoy conclud pour le civil, ſauf aux Gens du Roy, de prendre telles autres Concluſions, qu'ils aviſeront pour la vindicte publique. Fouquet pour la Défendereſſe dit, que les donnations ſont irrevocables, & que l'Amant défendeur n'eſt pas en âge de revenir d'une donnation faite dans toutes les formes de la Juſtice d'Amour ; & quant au cas d'ingratitude dit, que les

Dames seroient bien mal-heureuses, d'étre obligées d'écouter toutes les plaintes des Amans, & de leur ouvrir leurs maisons toutes les fois qu'ils voudroient y venir, concluoit au deboutement de la demande de l'Amant ; Sur quoy la Dame de Porcarages pour le Procureur General, dit qu'il y a mépris & ingratitude en ce fait. Conclud à la cassation de la donnation, & pour la vindicte publique requiert, que la défenderesse sera interdite des biens d'Amour pendant trois années.

Et sur cela la Cour ayant égard à la Requête de la partie de Châteauneuf, icelle interinant, declare la donnation par elle faite de nulle valeur, condamne la partie de Fouquet aux dépens, & qu'elle demeureroit interditte des biens d'Amour pendant une année.

Pons de Merindol parla pour cette Demoiselle Demanderesse, elle avoit été seduite par cet Amant, qu'on voit peint au Tableau, elle luy fait voir cet enfant, qu'elle tient entre ses bras, gage de ses Amours pour luy reprocher son inconstance & sa perfidie, & demande à la Cour d'étre reparée, ce qui luy fut octroyé, malgré les fins de non recevoir proposées par Hugues de Pena suivant les Conclusions de l'Avocat General Durand.

Dans les deux Tableaux, qui sont à la droite & à la gauche de celuy, où la Cour d'Amour est representée, sont peints deux exemples de la rigueur des Jugemens de ce Parlement ; On voit en l'un deux Malfaiteurs, qui ayant mal parlé des dons d'Amours, & de l'honneur des Dames, aprés avoir été constituez prisonniers, à la Requête des Gens d'Amour furent condamnez d'étre batus des Verges pendant trois Samedis, par le cinquantiéme Arrest raporté par Martial d'Auvergne. L'execution en est faite par deux vieilles Servantes, conformément à l'Arrest qui suit, par lequel un Amant, qui aprés avoir donné un souflet à sa Maîtresse l'avoit traînée par les cheveux, fut condamné à étre livré par le Bourreau tout nud à quatre vieilles Chambrieres, pour étre mis dans une couverture prise des prisonniers, & aprés y avoir été *vané*, étre jetté dans un champ plein d'orties & de chardons, & ensuite banni du Royaume d'Amour, du service des Dames, & ses biens confisquez.

Les verges dont se servent les deux Servantes, sont de myrtes mêlées avec quelques Roses, qui sont les foüets, avec lesquels on punit les Criminels en Amours ; Ces verges de Mirtes, & les foüets de Roses, quoy que consacrez à l'Amour, ne laissent pas de se faire sentir. Quelques gens qui se piquent de beaucoup de delicatesse, avoient crû, que je ne devois pas exposer un semblable expectacle aux yeux de nos Princes, que leur presence donnoit grace, & qu'ainsi je devois suprimer ce Tableau, s'ils avoient pris garde que j'ay placé au dessus du Thrône du Prince, un Cupidon tenant une épée nüe à la main ; Ils n'auroient pas trouvé étrange, que j'eusse fait voir ces Amans furieux traitez de cette maniere, ils auroient veu, s'ils l'avoient examiné, que la justice ne pût être representée, que par des punitions ; Et que celle qui est ordonnée contre ces mal-heureux, n'a rien qui puisse blesser les yeux de nos Princes ; & qu'au contraire elle sert d'exemple pour contenir l'indiscretion de ceux, qui parlent mal de l'honneur des Dames, dont le nombre n'est que trop grand. Il étoit juste aprés avoir veu ces deux Amans punis, de raporter un Arrest de cette Cour, rendu contre une celebre Coquette, elle estoit accusée d'avoir vendu les dons d'Amour à un Galand, qui l'en prioit depuis quelque temps, d'avoir fait consumer tout le bien de ce pauvre Amant à des dépenses inutiles, & qu'aprés l'avoir ainsi épuisé, elle ne l'avoit plus voulu reconnoître. Sur laquelle plainte le Procureur General joint, elle fut arrêtée, convaincuë, & condamnée par la Cour, qui en declarant le cas Simoniaque, ordonna que la Dame seroit bannie à perpetuité, de l'empire d'Amour, en maniere qu'elle seroit abandonnée à chacun, pour desormais servir le commun, & devenir à tous publique, tant on avoit d'horreur en cette Cour, pour de pareils crimes. Je tais le nom de cette Dame, aussi bien que celuy des Galands, à l'exemple du Compilateur des Arrests, bien que j'aye trouvé dans mon Manuscrit, que la Dame étoit belle & jeune, d'un nom & d'une qualité, à ne devoir pas commettre une semblable faute.

J'ay rempli les deux côtez de la Porte de l'Arc d'Emblemes, dans lesquels j'ay affecté d'y concilier l'Amour, que les grands Princes ont pour leur Sujets, & celuy que les Sujets sont obligez d'avoir pour leurs Princes; Et comme le Sr. Cabanes dernier Consul de cette ville, apuyé d'un de ses Collegues, crût que c'étoit un droit de sa Charge, ou peut étre pour quelque autre motif, dans lequel je ne veux pas entrer, d'y en faire mettre quelques devises. Je separeray celles que j'y ay mises, ou que j'avois destiné d'y faire mettre de celles qui viennent de sa part, lesquelles je n'ay pas voulu supprimer, crainte qu'on ne m'imputa de luy en avoir voulu dérober le merite. Mais avant que d'entrer dans ce détail, il est bon que je fasse connoitre les Seigneurs, dont les Statues sont placées sur les piedestaux de la droite & de la gauche de l'Arc, qui sont deux Presidens & deux Presidentes deputez de ce Parlement, qui viennent de la part de la Cour offrir les places de Princes, & de premier President, à Monseigneur le Duc de Bourgogne & à Monseigneur le Duc de Berry. Les grands noms & les qualitez de ces Deputez sont si

connuë

connuës, qu'il suffiroit de les nommer pour les faire d'abord reconnoitre.

Le premier, qui est à la droite de l'Arc, est Boniface de Castelane, Prince de Castelane, ayant à son côté Garcende Comtesse de Forcalquier. De l'autre côté est Guillhen Adhemar de Monteil Seigneur de Grignan, auprés duquel est la celebre Comtesse de Die; Ils sont distinguez par le Blason de leurs Armes, qui sont peintes en un cartouche, qu'on voit à leurs pieds. Bien que ces quatre Deputez n'ayent pas paru dans le même temps, ils ont pourtant vécu dans le même Siécle; & quand on devroit m'accuser d'avoir fait un anacronisme, je ne laisse pas de les faire paroitre sur la même Scene: Et voicy comme nos Historiens, nos Manuscrits, & nos Memoires particuliers parlent de ces illustres Deputez du Parlement d'Amour.

Boniface de Castelane, Prince de Castelane, dit le Magnifique, étoit un des plus vaillans Seigneurs de son Siécle, il s'étoit appliqué pendant ses jeunes ans à la Poësie Provençale, en laquelle il avoit merveilleusement réüssi. Il étoit amoureux d'une Dame de la maison de Fossis fille du Seigneur de la Ville d'Hieres, de Pierrefeu & du Canet, pour laquelle il avoit composé plusieurs belles Chansons; Et quoy qu'on l'accusa d'étre un des plus grands Poëtes satiriques de son temps, la vertu & le merite de cette Dame l'avoient mise à couvert de toute sorte de Satire, & n'avoient laissé lieu à cet Amant, que de publier ses vertus, & de composer des Vers à sa gloire. Comme il étoit distingué par sa qualité & par ses biens: Sa Poësie étoit vive, & il n'épargnoit pas les personnes les plus distinguées de l'Etat, & de la Cour de nos Princes, desquelles aprés avoir écrit ce qu'il y avoit de plus outrageant, il finissoit ordinairement ses Sirventes par ces mots, *Bouca qu'as dich, Bouca taisa te*, & il ajoûtoit quelque fois *l'espasa va susten.* J'ay lû même autrefois un Madrigal de sa façon, qui commence, & qui finit par un des mots de ses Sirventes, que Pierre Michiele noble Venitien a traduit en Italien, il commence, & il finit par ce Vers *Taci Bocca, deh taci*, & que je tournay de cette maniere.

Ah! n'en parlez jamais, ma bouche taisez vous?
Aprés avoir volé mille baisers si doux,
Sur le beau sein de ma Climene,
Si par un discours peu discret,
On vient à découvrir cet amoureux secret,

Vous vous attirerez sa haine ;
Elle en sera toute en courroux ;
Mais si vous étes toûjours close.
Combien d'autres baisers, malgré tous les jaloux,
Prendrez vous desormais, sur ce beau sein de Rose ;
Mais quoy vous en parlez, ma bouche taisez vous?

IL prenoit encor la qualité de Vicomte de Marseille, & disputoit aux Comtes de Provence la Souveraineté de Castelane, ne voulant pas leur prêter hommage, ce que ses Devanciers avoient réfusé de faire pour la ville deCastelane&pour sonBailliage; Mais comme son pere aprés l'avoir long temps contesté, s'etoit soûmis à Idelfons II. Boniface se soûmit aussi à Berenger. Le Monge des Isles d'Or, & St. Cesari aprés avoir qualifié Boniface Prince, dit que cette maison est issuë des Princes de Castille, & qu'elle passa en cette Province, lors que les Maures d'Affrique vinrent se rendre Maîtres des Espagnes. Castelane étoit un des Presidens du Parlement d'Amour, qui n'en pouvoit pas députer un plus illustre pour venir offrir la place du Prince & de premier President à nos Princes ; Et voicy les Vers que Mr. de St. Quentin met à la bouche de ce Seigneur.

J'ay sceu peindre autre fois par mille traits hardis,
Tout ce qui fut digne de ma Satyre ;
Je ne louay jamais, & qu'aurois je pû dire,
Nous n'étions pas alors du Siècle de Loüis.

GArcende de Forcalquier fille de Raines de Castellar de Sabran, qui aporta en dot à Idelfons II. Comte de Provence, la Comté de Forcalquier, mere de Berenger dernier, pere de nos quatre Reines, étoit autant considerable par son sçavoir, & par sa naissance que par sa beauté : Elle aimoit avec passion la versification Provençale, de laquelle elle s'étoit renduë protectrice, & n'avoit pas negligé d'assister aux Audiances de la Cour du Parlement d'Amour, de laquelle elle étoit Presidente. On ne pouvoit deputer une Princesse plus illustre pour recevoir dans nôtre Ville les petits-fils du Grand Loüis, elle qui étoit petite-fille de Marguerite de Bourbon, & qui par son Mariage avoit réuni la Comté de Forcalquier à celle de Provence, qui par le moyen de Marguerite & de Beatrix ses petites filles, est venuë à la maison de France ; Et voicy de quelle maniere elle parle à nos Princes ses Néveux. A Monseigneur le Duc de Bourgogne, elle dit

D'une Cour fameuse & galante,
Daignez Prince accepter les vœux,
Mars, & l'Amour peuvent être tous deux,
Dans la place qu'on vous presente. Mr. de St. Quentin.

A Monseigneur le Duc de Berry.

Digne Sang de tant de Vainqueurs,
Pour ne gouter que des plaisirs tranquilles;
Ne songez qu'à prendre des Cœurs,
Le temps viendra, que vous prendrez des Villes. Mr. Gaillard.

CEluy, qui est au côté de l'arc, est Guillen Adhemar de Monteil fils de Gerard Adhemar, auquel l'Empereur Frederic, dit Barberousse, avoit infeodé la place de Grignan; Et comme l'Histoire de la Comtesse de Die a beaucoup de raport avec celle de ce Gentil-homme, je mets cette Comtesse auprés d'Adhemar deputez l'un & l'autre de la Cour d'Amour. Adhemar étoit amoureux de cette Demoiselle, qui avoit été élevée auprés de Garcende de Forcalquier, l'amour que ce Chevalier & cette Demoiselle avoient pour la Poësie avoit fait naître cette passion, & si le Chevalier étoit épris de la vertu & de la beauté de la Comtesse, elle ne sentoit pas une moindre ardeur pour luy; & les Vers, qu'ils composoient à leur loüange commune, sont encore une preuve de cet amour reciproque, qui devint si funeste à l'un & à l'autre. Adhemar avoit fait plusieurs Chansons & des Comedies tres-ingenieuses en faveur d'une Dame inconnuë, on sçût toutefois, que c'étoit pour la Comtesse de Die, que toutes ces Rimes avoient été composées; Et que cette belle Comtesse, aussi bien que sa mere, qui étoit Presidente de la Cour d'Amour, estimoient beaucoup, & la personne & les Vers de ce Chevalier. Cette estime passa bientôt en amour. Adhemar aprit cependant, que sa Maîtresse alloit être mariée avec le Comte d'Embrunois, ce qui excita si fort son amour & sa jalousie, qu'il tomba en une espece de desespoir, suivi d'une fiévre maligne; Ce qui étant venu à la connoissance de la mere & de la fille, elles visiterent ce Chevalier pour le rassûrer, & elles le trouverent prêt à rendre l'ame; Il reprit toutefois ses esprits à cette vuë, il fait ses éforts pour accüeillir la jeune Comtesse, & dans cet empressement il luy prend la main, & la baise, & il expire sur le champ; Ce qui surprit si fort la fille & la mere, que penetrées de douleur, aprés luy avoir fait dresser un magnifique Tombeau, elles se retirerent l'une & l'autre dans l'Abaye de Tarascon, dans laquelle elles passerent le reste de leurs jours. Ce Parlement ne pouvoit députer un Seigneur plus illustre, & de plus de merite à nos Princes, dans une Province & dans une Ville, en laquelle ils ont été reçûs par Mr. le Comte de Grignan, qui a succedé à la magnificence, & à la vertu de Boniface de Castellane, ainsi qu'à l'hospitalité, aux biens, & aux belles qualitez de Guillen Adhemar, & par une Dame de la reputation, de la beauté, & de la naissance de la Comtesse de Die; Et voicy comme Mr. de St. Quentin fait parler ce couple amoureux.

GUILLEN ADHEMAR.

Même au de-là du Stix vôtre nom respecté,
Du desir de vous voir sensiblement nous touche,
Princes recevés de ma bouche,
Les hommages d'un Corps, autrefois tant vanté;
Si c'est par les rameaux, qu'on juge de la souche,
J'ay d'assûrez Garands de ma fidelité.

LA COMTESSE DE DIE.

Pour donner à l'amour sa premiere innocence,
On nous vit employer l'autorité des Loix.
Un grand Prince du Sang de France,
Nous honora plus d'une fois
De ses faveurs; de sa presence;
Mais tout l'éclat que nous eûmes sous luy,
Cede au bon-heur, qui nous vient aujourd'huy.

CEtte Cour d'Amour a été si rénommée autrefois, qu'elle a estè souvent renouvellèe dans les Fêtes galantes, qui ontètè données par les Italiens, & particulierement à celle que le Cardinal Antoine Barberin fit faire à Rome, à l'occasion du voyage que fit le Prince Alexandre Charles de Pologne en l'année 1644. dans laquelle le Marquis Cornelio Bentivoglio fut le soûtenant sous le nom de Tiame de Memphis: Ce Chevalier établit dans son Cartel, que le secret en amour ètoit un vice indigne d'un Chevalier galant, sur cette propositon les Cheva-

liers

fiers Romains venoient en differentes quadrilles s'opoſer, à ce qu'a-vançoit le Soûtenant, & répondoient à ce Cartel, que ce que diſoit ce Chevalier étoit contre les Regles, & que le ſecret étoit l'ame de l'amour, & entre autres une Quadrille parut ſous le nom de Blacas de Beaudinar, Raimond de Cotignac, Guillen de Bergadan, Savaric de Mauleon, ayant pour Témoins Emeric de Pigulan, Rambaud de Vachieres, Bertrand d'Allamanon, & Arnaud de Meirüeil, leſquels viennent ſe preſenter à ce camp; & par leur Cartel ils répondent à celuy de Tiame de Memphis, que la nouvelle de ce qui eſt contenu en ſon Cartel ayant été portée à la Cour du grand Raimond Berenger Comte de Provence, où la galanterie, & la valeur, Mars & l'Amour ſont leur ordinaire demeure, & où preſide la Cour du Parlement d'Amour, rempli des plus belles & des plus ſages Dames de l'Univers, par la bouche deſquelles l'amour prononce ſes jugemens & ſes oracles, où ayant été raporté l'étrange propoſition, que ce Chevalier faiſoit de blâmer le ſecret, parce qu'il n'avoit pas la vertu de ſe taire, & que ſous le vain pretexte de ſoûtenir une ſi mauvaiſe cauſe, il faiſoit voir l'orgüeil de ſon eſprit & la legereté de ſes penſées. Ce qui ayant été examiné par le Parlement d'Amour, aprés une meure deliberation cette Doctrine y avoit été tout d'une voix condamnée; & miſe à un éternel oubli, comme brutale, ſcandaleuſe & pernicieuſe, & le Soûtenant condamné à un banniſſement perpetuel de l'Empire d'Amour, comme étant convaincu du Crime de Leze-Majeſté en Amour. Que ſi les étrangers ſe ſont ſi utilement ſervis de nôtre Hiſtoire Galante; A combien plus forte raiſon ne devois-je pas l'employer pour preparer une fête à nos Princes, & faire révivre en nos Arcs les Heros, & les Heroïnes qui ont gouverné cette Province & cette Ville, & les faire ſouvenir en les divertiſſant, que c'eſt parmi ces Heros, qu'ils trouveront leurs Ancêtres.

Paſſons à la deſcription de l'Arc, ſur le haut duquel ſont placez pluſieurs Amours, les uns armez de fléches, les autres tenants des Guirlandes, des feſtons, des brandons ou des flambeaux allumez; au milieu deſquels & ſur le fronton de la machine eſt un cartouche, dans leſquels ſont peintes deux Veſtales, qui conſervent le feu ſacré. Avec ces mots.

EXTINGUETUR NUNQUAM.

La Province & la Ville d'Aix, ſont repreſentées par ces deux Veſtales, & ce feu ſacré exprime l'amour que nous avons pour nos Princes, qui ne s'éteindra jamais.

Au deſſous ſur le haut du Thrône du Prince, eſt peint Cupidon dans un Cartouche, ayant les yeux bandez & l'épée nuë à la main droite, il s'apuye de la gauche sur un tas de Livres, au dos desquels sont écrits ces mots. *Pub. Ovid. Nas. Ope. Tibul. Catul. Propertij Ope. cum Commentarijs variorum*, & l'on lit ce Vers au tour du Cartouche.

SIC TU CÆCA THEMIS, SIC EGO CÆCUS AMOR.

Et en effet si la Justice a les yeux bandez dans son Thrône, l'Amour, qui est ordinairement peint en aveugle, le doit être à plus forte raison, lors qu'il remplit la place de Themis.

Au bas du Tableau, où la Cour d'Amour est representée en seance, est écrit ce Vers, qu'on attribue à Catulle, ou à Sulpicie.

NUNC DIONE JURA DICIT FULTA SUBLIMI THRONO.

Sur la droite, où les Amans indiscrets sont fustigez, on lit.

AMANTES SIC PUNIUNTUR AMENTES.

De l'autre côté où la Dame Coquette est bannie de l'Empire d'Amour, on lit.

AVARITIÆ POENA.

A la frise est mise l'Inscription suivante.

LUDOVICO MAGNO

LUDOVICO SERENISSIMO DELPHINO

INCLITIS,

LUDOVICO BURGUNDIÆ,

ET CAROLO BITURIÆ DUCIBUS,

QUÆ SIMPLICI ÆVO,

ELEGANS AMORUM CURIA

DECRETA PRONUNCIAVIT

HÆC OFFERENTES,

TROISIE'ME ARC.

ÆTERNUM AMORIS PIGNUS,
AC PERENNIUS ÆRE MONUMENTUM
POSUERUNT.

S. P. Q. A.

BORBONIIS HIC CORDA PATENT. AMOR HÆC AGIT UNUS,
SEXTIADUM LATICES NON ALIO IGNE CALENT.

Plus bas sur l'imposte de l'Arc, sont écrits ces mots.

TE PRINCIPEM. TE PRÆSIDEM HUJUSCE CURIÆ FACIMUS.

DAns les dix Cartouches, qui sont aux deux côtez de l'Arc, entre les pilastres sont peints les Emblemes, que j'y ay fait mettre, ou que j'y avois destiné, que j'ay crû devoir separer, de ceux qui ne viennent point de ma part.

Trois Amours, qui s'éjoüant sur les bords du bassin d'une fontaine avec des flambeaux allumez, font tomber des étincelles dans l'eau, & l'embrassent avec ce Vers.

UNDIQUE SEXTIACAS URIT HIC IGNIS AQUAS.

Pour le Fils d'un Heros, que l'Univers revere,
Accourez Enfans de Cithere ;
Venez tous en ces Lieux, armez de traits nouveaux ;
Preparez tous vos Arcs, alumez les flambeaux,
Dont vous embrassez tout le monde ;
Vôtre Mere fille de l'Onde
A choisi sa demeure à la Ville des Eaux.

Un Amour, qui du haut d'une nuë décoche une fléche, qui tombe avec rapidité sur un cœur. Avec ces mots.

VIRES AQUIRIT EUNDO.

Ce qui a du Raport, avec le voyage qu'on fait nos Princes, qui se sont par tout acquis les cœurs des François, avec la rapidité exprimée par cette fléche ; mais ce n'est pas des seuls cœurs des François, qu'ils se sont rendus Maîtres, ils se sont encor attirez le respect & l'amour des Espagnols, qui ont eu l'honneur de les voir sur nos frontieres, c'eſt de quoy je donne une idée dans l'Embléme ſuivant.

Trois Amours en émouleurs, dont l'un tourne la Meule, le ſecond aiguiſe les fléches, que le troiſiéme luy preſente, & qu'il retire avec ces mots Eſpagnols.

PARA NUEVOS CORAÇONES.

Deux Amours, qui ſoûtiennent un cartouche, dans lequel ſont peints Monſeigneur le Duc de Bourgogne, & Monſeigneur le Duc de Berri. Avec ce Vers.

PINXIT AMOR FACIES, FINXIT PRÆCORDIA VIRTUS.

Si l'Amour a peint leurs viſages,
La vertu leur forme les cœurs.

Voicy celles que j'y avois deſtinées, & qui me paroiſſent convenir à mon ſujet.

Deux Amours en Sculpteurs, qui entaillent avec leurs ciſeaux les Buſtes de nos Princes. Avec ces mots de Claudien.

NOSTRÆ REGNANT IN MARMORE FLAMMÆ.

Trois Amours en Pécheurs auprés de la mer, qui retirent leurs filets à terre, remplis de cœurs. Avec ces mots Eſpagnols.

DE NUESTROS REDOS ESCAPA NINGUNO.

Trois Amours chaſſeurs, qui pourſuivent des cœurs, qui loin de fuir, viennent ſe rendre eux mêmes. Avec ces mots.

AD NOS SPONTE VENIUNT.

Un Amour aſſis ſur une Globe, tandis que deux autres Amours voltigent autour de ce même Globe. Avec ces mots.

SOLUS HIC IMPERIUM NON HABET.

Trois Amours en Oyſeleurs dans les rets, deſquels viennent fondre une troupe de cœurs volans. Avec ces mots.

RETE HIC NON SUFFICIT UNUM.

Un

Un AMOUR assis entre deux palmiers, les rameaux desquels il lie avec ses mains, le Corps de cet Embleme a été donné par Mr. de Castelane, par Mr. Reboul, & par Mr. de St. Quentin ; Et voicy les differents mots qu'ils y ont mis.

HOC SOLO FLECTUNTUR.
JUNGUNTUR FOEDERE AMORIS.
MARTIS PRÆMIA NECTIT AMOR.

Mr. de St. Quentin explique sa pensée par ces Vers.

Une secrete Simpatie
Nous unit, nous joint, & nous lie ;
Nous aurions sans l'Amour un sterile repos ;
Luy seul peut pretendre à la gloire,
De faire fleurir les Rameaux
Qui preparent à la victoire,
De quoy couronner les Heros.

Un Soleil entrant dans le signe des Jumeaux & du Lion avec ces mots.

AQUIS ET IGNE TRIUMPHAT. Mr. Jaulne.
Fœcundat totum geminatis viribus orbem,
Et lætatur aquis igneque vincit amor.

Si ces Devises & ces Emblemes n'ont pas toute la justesse que meritoit un si grand sujet, elles y conviennent toute fois, & ne laissent aucune idée qui puisse salir l'imagination. Voyons celles qui y ont été mises sans ma participation, & que j'écris, comme tout le monde les a lûës.

Deux AMOURS, qui soûtiennent une Couronne, avec ces mots.

Qua non tutior alter.

Un Papillon, qui brule à une Chandelle, avec ces mots.

Moriar, dum fruar.

Un AMOUR, ayant un ARC bandé, & prêt à tirer, avec ces mots.

Et in amore virtus est.

Deux Palmiers, qui se joignent, avec ces mots.

Felices ter & amplius quos irrupta tenet copula.

Un Encensoir, duquel sort une épaisse fumée, avec ces mots.

Colit & ardet.

Deux Couronnes entrelassées l'une dans l'autre, avec ces mots.

Convenient unaque in sede manebunt.

Je laisse à mes Lecteurs à juger le Raport, qu'il y a de ces Devises, avec le dessein de cet Arc, qu'il est temps que je finisse, & que je vienne à l'explication de celuy qui suit.

LEs deux premieres Devises avoient été peintes sur les piedestaux du second Arc, sur lesquels je n'avois point trouvé de place pour les mettre, elles m'avoient été données par les Messieurs dont on verra le nom à la marge.

Un Aigle ayant trois Aiglons dans son aire, qu'il expose aux rayons du Soleil, avec ces mots & ces Vers.

Inclita dat soboles specimen virtutis avitæ.

Mr. de Castelane.

Avec tout son éclat la plus vive lumiere,
Ne sçauroit éblouïr nos yeux;
Et semblables à nôtre Pere,
Nous sommes en naissant dignes de nos Ayeux.

Deux Lionceaux de bout, & d'une contenance fiere, avec ces mots.

Non defficit ardor.

Mr. de St. Quentin.

Pour s'exercer dans les combats:
Et pour bien remplir leur carriere;
Ils n'ont besoin que de matiere,
La valeur ne leur manque pas.

QUATRIE'ME

J. Cl. Gandrer f

QUATRIÉME ARC

PLACÉ AUPRÉS DU PALAIS.

LE Palais auprés duquel est placé cet Arc, est l'Ouvrage de Cajus Marius, qui aprés avoir triomphé de Jugurta l'an de son cinquiéme Consulat, fut choisi par la République, pour s'oposer aux irruptions, que les Nations du Nord menaçoient de faire dans l'Italie.

Ce grand Capitaine previt bien, que les Cimbres & les Teutons, qui étoient entrez dans les Gaules, ne manqueroient pas de tenter de s'ouvrir un passage pour l'Italie du côté de Provence ; & ce fut à cette occasion, qu'il y vint avec une armée nombreuse, & qu'il ne crût pouvoir mieux établir son quartier, que dans la nouvelle Ville de Sextius, qui n'avoit été fondée, que depuis dix-sept ans, & en laquelle il y avoit une Colonie & une garnison Romaine : Et parce que l'Armée des Barbares erroit depuis quatre années dans les Provinces des Gaules & dans celles des Espagnes, Marius de qui l'Armée étoit beaucoup inferieure, ne songea qu'à fortifier les postes les plus avantageux de nôtre Province, d'occuper ses troupes pendant trois hivers à décorer la Ville d'Aix, de laquelle on peut dire, qu'il fut le second Fondateur : Et ce fut alors qu'il fit constrüire le Palais, & que voyant, que bien que nôtre Ville eut pris le nom des Eaux, elle en manquoit toute fois, il fit faire ces beaux Aqueducs, dans lesquels les eaux de Jouques, de Vauvenargues, de St. Antonin, & de Danne étoient conduites pour étre portées en cette Ville, dont nous voyons encore avec admiration les debris ; Et il l'auroit renduë une des plus belles de l'Europe, si la victoire qu'il remporta à nos portes sur tant de Peuples barbares ; si le secours qu'il fut obligé d'aller donner à Catulus son Collegue auprés du Fleuve Athesis ; & si ses malheurs ne l'avoient empêché d'achever, ce qu'il avoit si heureusement commencé.

Ce Palais subsista, jusques à ce que les Agarréens ou les Maures d'Afrique, aprés avoir subjugué les Espagnes, entrerent dans les Provinces des Gaules & dans la Provence, laquelle aprés avoir ravagée, ils saccagerent & brûlerent la Ville d'Aix l'an sept cens trente-un, & il ne resta de ce magnifique édifice, que les trois tours, que nous y voyons encore, & qui donnerent lieu à nos Princes Catalans de le rétablir, à ceux de la premiere Maison d'Anjou de l'augmenter, aux Princes de la seconde race d'Anjou de l'achever, & aux Rois de France, qui leur ont succedé, d'y renfermer toutes les Jurisdictions, tant celles qui jugent en premier Ressort les differens des habitans de nôtre Ville, que celles qui disposent souverainement & en dernier Ressort des fortunes & des vies de ceux de cette Province.

C'est en cet endroit, où est élevé un grand Arc, soûtenu par quatre Colonnes Corinthienes, au haut duquel on voit un Tableau representant un Temple. Au milieu de ce Temple la Deesse Themis est peinte en couleur de marbre blanc, tenant de sa main droite une balance, de la gauche une épée. Au dessus de son Trône on voit un Tableau au naturel de LOÜIS LE GRAND, suporté par deux Amours & aux deux côtez sont peintes en marbre blanc les Statües de huit de nos Rois, qui ont fondé les differens Tribunaux, qui distribuent la Justice dans ce Palais.

Le premier est Loüis II. Roy de Jerusalem & des deux Siciles, Comte de Provence, & Duc d'Anjou; fils de Loüis I. qui ayant été adopté par la Reine Jeanne, succeda à ses Etats; & comme le pere & le fils avoient été obligez pour se maintenir à cette adoption, de soûtenir plusieurs guerres, les troupes peu disciplinées en ce temps avoient introduit toute sorte de licence, & fait cesser l'autôrité de la Justice, ce qui obligea ce Prince de créer un Parlement pour juger souverainement tous les procés de ses nouveaux sujets de cette Province, qu'il établit dans la Ville d'Aix. Ce Parlement étoit composé du grand Sénéchal, de cinq Presidens, d'un Avocat General, & d'un Procureur General, d'un Advocat des Pauvres. Ainsi qu'on le voit dans l'Edit de sa Creation donné à Nîmes l'an 1415. & subsista jusques à la mort de Loüis, aprés laquelle il fut suprimé par Loüis III. son fils, qui rétablit l'autôrité du Chancelier & du Juge Mage sous le nom de Conseil éminent, qui se maintint pendant tout le Regne de ce Prince, pendant ceux de René son frere, & de Charles du Maine son Néveu, pendant le Regne de Loüis XI. & celuy de Charles VIII. son fils, & jusques à ce que Loüis XII. qui est peint dans ce Tableau eut fait l'erection d'un Parlement à l'instar de celuy de Paris par Lettres Patentes données à Lyon le 10. Juillet 1501.

Ce Parlement fut composé d'un President, & de douze Conseillers, d'un Advocat General, & de deux Procureurs Generaux, d'un Advocat & d'un Procureur des Pauvres, de quatre Secretaires: Et comme

l'autôrité

l'autôrité de ce nouveau Corps fit ombrage à celle du grand Sénéchal, il fit naître diverses opositions, tant de la part des Sindics de la Noblesse, que de ceux des Communautez de la Province, au moyen desquelles cette Compagnie ne fut instalée que l'année d'aprés, en laquelle ce Roy vrayement pere des peuples ordonna, sans s'arrêter à ces opositions, que le Parlement seroit instalé, ce qui fut executé le 18. Octobre en la Ville de Brignolles, tant à cause des opositions qui s'étoient formées en la Ville d'Aix, que parce qu'elle avoit esté affligée d'une peste, ce qui fit que le Parlement ne vint à Aix que quelques mois aprés; & comme le nombre de ses Officiers étoit tres petit, ce Prince y ajoûta deux Conseillers par une création qu'il fit l'an 1512.

François I. ne fit pas seulement les creües de trois Conseillers és années 1522. & 1523. d'un President en 1541. mais la venalitè des Offices ayant estè introduite sous ce Regne, il fit l'èrection d'une Chambre Criminelle ou Tournelle, composée d'un President, dont l'Office avoit étè déja creé, de neuf Conseillers, ausquels il fut joint trois des anciens pour remplir cette Chambre, ce qui fut executé l'an 1544.

Ce fut quelque temps auparavant, & en l'année 1535. que ce même Prince voulant corriger les abus, qui se commettoient en la distribution de la Justice, avoit envoyé Jean de Feu, President au Parlement de Roüen, tant pour cette réformation, que pour abattre l'autôritè du grand Sènéchal, qui presidoit au Parlement, & au nom duquel les Arrests étoient levés; & pour cet effet il fit un établissement de cinq Sieges en cette Province, l'un dans cette Ville, qui fut nommé Siege general, & les autres dont les Lieutenans étoient apellez Principaux, és Villes d'Arles, de Draguignan, de Forcalquier, & de Digne, celuy de Marseille n'ayant été érigé que l'année d'aprés, & les autres qui sont dans la Province sous les Regnes suivans. Le Grand Sénéchal au nom duquel les Jugemens ètoient executez, avoit droit de presider à ces Compagnies, pour se consoler de la perte qu'il avoit faite de la place qu'il remplissoit au Parlement. On vit encore en ce temps une creüe de deux Maîtres Rationaux, & la Charge de Viguier tant de fois suprimée, rètablie, à laquelle on donna la connoissance des crimes en premiere instance, & un Auditoire dans le Palais.

Henry II. qui succeda à la Couronne est encor placè en cet Arc. Ce Prince fit l'êrection d'une Chambre des Enquêtes. Elle fut d'un President, de neuf Conseillers, d'un Advocat General & d'un Procureur General. Cette derniere Charge avoit esté suprimée en l'an 1525. elle fut renouvelée en faveur de Jacques de Rabasse lors de cette creüe ; mais cette Chambre ayant été confondüe avec la Grand Chambre, & la Tournelle, elle fut rétablie sous les Regnes suivans. Ce Prince fit encor l'érection de la Cour des Aydes, laquelle il confondit avec les Officiers de la Chambre des Comptes, avec une création de plusieurs Officiers.

Il seroit peut-être ennuyant de raporter toutes les creües, qui ont été faites en ces deux Cours dans les Regnes suivants, celles du Parlement étant au nombre de quinze, & celles des autres Tribunaux d'un nombre aprochant ; En sorte que sous les Regnes de François II. de Charles IX. de Henry *III.* de Henry IV. de Loüis XIII. qui sont tous peints en ce Temple de la Justice, & particulierement sous celuy de Loüis le Grand, auquel nous vivons, les Compagnies ont été si fort augmentées, qu'il y a aujourd'huy autant de Presidens, ou à Mortier, ou aux Enquêtes, qu'il y avoit de Presidens ou de Conseillers lors de la creation de ce Corps, duquel j'ay exactement écrit l'Histoire, dans celle que j'ay faite de la Ville d'Aix, comme faisant elle seule un des principaux ornemens de mon Ouvrage.

Au haut de l'Arc, & sur le fronton est écritte l'Inscription suivante.

ÆQVITATI ATQVE IVSTITIÆ.

LUDOVICI MAGNI, GALLIARUM IMPERATORIS, PII FELICIS, VICTORIS, ATQUE TRIUMPHATORIS SEMPER AUGUSTI. QUI AMPLISSIMUM ORDINEM HONORE, DIGNITATE, AUCTORITATE DECORAVIT, MAGISTRATIBUS ATQUE JUDICIBUS PUBLICÆ, PRIVATORUM QUE SALUTIS TUTIONEM CREDIDIT, SANCTISSIMISQUE LEGIBUS, QUARUM AUCTOR ASSERTORQUE FUIT, ADVERSUS CALUMNIANTIUM INIQUITATES, GALLICUM MUNIVIT IMPERIUM. OB CUJUS REI MEMORIAM SUUMQUE ERGA REGIOS NEPOTES AMOREM, ATQUE OBSEQUIUM.

P. P.

S. P. Q. A.

QUATRIEME ARC.

LE Concile de Lattran, auquel presidoit le Pape Leon X. est representé dans le Tableau, qui est à la droite du Temple de la Justice, & le Magistrat, qui parle, est Loüis de Fourbin Seigneur du Luc & de Souliés, Conseiller Doyen, & Garde des Sceaux en ce Parlement, Ambassadeur en ce Concile pour le Roy Loüis XII. continüé par François I. & chargé par les Officiers de son Corps de finir l'affaire de l'Annexe, que le Pape & le Concile contestoient, qui consistoit aux droits de faire enregistrer tous les Brefs ou Bulles, qui venoient en cette Province, ou de Rome ou de la Legation d'Avignon; Et comme ce droit est particulier à nôtre Parlement, & que les contestations qui arriverent à ce sujet firent un grand éclat; Que nos Historiens ont écrit diversement cette affaire, de laquelle ils ont parlé comme d'un triomphe du Parlement, & que quelques personnes de mauvais gout ont avanturé, qu'elle étoit plûtôt honteuse, qu'honnorable à cet illustre Corps, J'ay crû devoir en abreger l'Histoire, & l'on conviendra avec Gauffridi, que c'est le plus bel évenement & le plus glorieux qui luy soit arrivé depuis sa Création jusques en ce jour.

C'étoit depuis un tems immemorial, que les Officiers Superieurs de nos premiers Comtes avoient empêché, qu'aucuns Brefs ou Rescrits venant de la Cour de Rome n'eussent leur execution, qu'ils n'eussent été examinez par eux, & dans les affaires importantes, qu'ils n'en eussent donné avis au Prince, ce que le Parlement fit continuer avec beaucoup d'exactitude.

Cette conduite allarma le Clergé de Provence, qui ne manqua pas d'en donner avis aux Ministres de la Cour de Rome & à ceux de la Legation d'Avignon; mais ce qui l'excita encor d'avantage, fut ce qui arriva en l'an 1505. Deux Religieux Italiens de l'Ordre de St. Dominique, qui avoient demeuré quelque temps dans le Convent de St. Maximin ouvrirent la nüit du 17. Janvier la Cave, où repose la venerable Relique du Corps de la Magdelaine, & aprés avoir brisé la Chasse, ôté le Masque d'Or, qui couvre le Visage de cette Sainte, la Couronne, & tous les autres Joyaux dont la liberalité de nos Princes l'avoit décorée; Ils se sauverent, & laisserent les portes de la Cave & de l'Eglise ouvertes. A peine fut il jour, que les Religieux & les Habitans s'aperçoivent du vol, qui leur avoit été fait pendant la nüit, & que les deux Religieux Italiens manquoient; Tout le peuple allarmé sort, & va chercher de tous côtez ceux qui avoient volé leurs chasses, quand le Seigneur de Mazaugues leur donne avis, qu'ils sont cachez dans le bois, on les y cherche, on les force, on les trouve saisis du vol, & on les conduit prisonniers à St. Maximin, d'où peu de temps aprés ils furent menez à Aix, & malgré tous les Declinatoires par eux proposés, desquels ils furent déboutez, ils furent condamnez à être pendus, & furent executez le 16. Juin, Veille de la Fête Dieu le même an. Ce qui alarma si fort les Religieux, qui s'unissants au Clergé, joignirent leurs plaintes à la Cour de Rome, par lesquelles ils disoient, que le Parlement aneantissoit tous les privileges des Ecclesiastiques. Mais pour les desabuser entierement de toutes leurs pretenduës Prerogatives, le Parlement fit Arrest l'an d'aprés, portant que toutes les Bulles, Brefs, Rescrits, & autres choses semblables, comme dispenses de vœux, de Mariages, d'âge, collation de Benefices, Jubilés & Indulgences venant de la Cour de Rome, ou de la Legation d'Avignon, demeureroient sans execution dans la Province, jusques à ce qu'elles eussent été enregistrées & examinées par la Cour, pour voir si elles contenoient verité, & s'il y avoit quelque chose de contraire au service du Roy, & aux privileges de l'Eglise Gallicane; Qu'aprés qu'elles auroient été aprouvées par la Cour, elles seroient annexées, & qu'il seroit donné des Lettres executoriales de ces Bulles au nom du Roy, qu'on apelleroit Lettres d'Annexes. Quand François de Lestang ou Destaigno Vicelegat d'Avignon, sous le Cardinal d'Amboise, ayant formé quelques opositions à cét Arrest, le President Mulet, Loüis de Fourbin sieur du Luc Conseiller, & Jacques de Angelo Procureur General, accompagné d'Accurse de Meynier Conseiller au grand Conseil, de Jean Guiran Maître Rationnal, de Jacques de Baune General des Finances, se rendirent à Avignon pour conferer avec le Vicelegat, & ils convindrent avec luy de l'inutilité de la plainte des Ecclesiastiques de Provence, & que tous les Rescrits venant de Rome ou de la Legation seroient sujets à l'Annexe, ce qui fut executé pendant tout le reste du Pontificat d'Alexandre VI. & jusques à celuy de Leon X. auquel temps cette affaire fut renouvellée, par une Requête qui fut presentée à la sollicitation des Ecclesiastiques du Païs par Mario de Perruchis Advocat General au Concile de Latran, en laquelle il concluoit, à ce que le President, les Conseillers & les Gens du Roy, qui composoient le Parlement de Provence, & autres leurs Adherans & fauteurs, qu'il traite en cette Supplique de Tirans, de suppots de Sathan, d'Enfans d'iniquité, declareroient nul, ce qui par eux avoit été fait, qu'ils rétabliroient les Ecclesiastiques dans tous leurs droits, & qu'ils se presenteroient eux mêmes devant Sa Sainteté, & devant le Concile, pour se justifier de tous les cas à eux imposez sous peine d'Excommunication, & de dix mil ducats d'amende, de la privation de leurs fiefs & Benefices.

Cette Requête ayant été presentée, & rapportée au Concile sans autre

autre information, & suposant les choses y contenuës être de notorieté publique. L'avis fut de laxer Monitoire & Adjournement personnel à tous les Dénomez dans la Suplique, pour comparoître dans trois mois aprés la publication du Monitoire pardevant le Concile, ce qui étant venu à la connoissance de Loüis de Fourbin, lors Ambassadeur pour le Roy à ce Concile, il en donna avis au Parlement, qui ne s'alarma pas beaucoup à une semblable nouvelle, & qui se tint au contraire plus ferme plus rigide, pour faire observer avec exactitude, tout ce qui venoit de Rome ou d'Avignon, & réjettoit tout ce qui étoit contraire au service du Roy, & à ce qui avoit été reglé au sujet de l'Annexe, & traitoit d'abusives toutes les dispenses qui leur étoient presentées, ce qui ayant été raporté peu de temps aprés au Concile, on y fut surpris que cette puissance spirituelle, qui avoit tant de fois étonné les Têtes couronnées & les Republiques, eut été si peu considerée par un Parlement, qui ne faisoit que de naître, & qui soûtenoit hautement que les Pontifes, qui ont toute sorte de Jurisdiction sur le spirituel n'en ont aucune sur le temporel, de ceux qui n'étoient pas leur sujets, & que les fulminations de l'Eglise en ces sortes de contestations étoient tout-à-fait frivoles & inutiles. Cette conduite du Parlement déconcerta si fort & le Pape & le Concile, que Leon irrité citta en personne le President de Beaumont, les Conseillers de Brandis & de Coriolis, qui à ce qu'on presuposoit étoient les plus fermes de la Compagnie ; & dans les citations qui furent faites à ce sujet, on s'avisa même d'y comprendre deux Officiers de la Chambre des Comptes: Mais dés qu'on eut avis de ces nouveaux Decrets, on creut que s'agissant dans cette affaire de l'interest du Roy, on ne devoit plus rien entreprendre, sans que Sa Majesté en fut avertie, puisque le Parlement n'agissoit en cette rencontre, que pour la manutention de l'autôrité Royale ; Et ce fut alors qu'Esprit Parisijs & Simon Tributijs Conseillers en la Cour furent deputez au Roy, auquel ayant fait sçavoir que Leon pretendoit aneantir les droits les mieux établis, en voulant empêcher, que ce qui venoit de sa part ne fut annexé, ce qui avoit été pratiqué sous les Regnes des Comtes de Provence ; & que même le Pape Jule II, avoit si bien connu la justice de l'Annexe, qui leur avoit envoyé un Bref le premier de Juillet mil cinq cens quatre, par lequel il exhortoit le Parlement d'annexer les provisions, qu'il avoit données en faveur de Mre. Fortio Sevatoris son Dataire & Clerc de la Chambre Apostolique, de la Prevôté de l'Eglise d'Arles, dans lequel Bref ce Pontife se sert de ces propres termes : *ut solitum est ad adipiscendam possessionem*, que d'ailleurs le visa & l'enregistrement des Bulles & Rescrits étoit un droit ancien de Greffe, & par consequent un Droit Royal, les Greffes apartenant au Roy, & pour prouver ce qu'on avançoit, le Procureur General dressa des Memoires avec les pieces justificatives, qu'on presenta au Roy, qui en fut si satisfait, qu'il promit aux Deputez de proteger le Parlement, & qu'il finiroit cette affaire, lors qu'il seroit en Italie, où il avoit resolu d'aller conquerir la Duché de Milan, mais tandis qu'il faisoit des preparatifs pour ce voyage, il fut attaqué d'un devoyement, duquel il mourut dans peu de jours le premier de Janvier de l'an 1515.

Les mêmes plaintes qui avoient été faites à ce Prince, furent renouvellées & continuées par les Deputez du Parlement au Roy François I. on y ajoûta que le Pape avoit lancé des nouvelles fulminations, & on eut la même reponse de ce Prince, que celle qui avoit èté faite par son Devancier. ce Monarque qui avoit resolu de se servir des preparatifs, que Loüis XII. avoit faits pour entrer en Italie, recommanda aux Deputez de n'innover rien à cette affaire, qu'il ne se fut rendu maître de la Duché de Milan : Et même lors qu'il fut à Lion, il fit écrire par le comte de Tendes, auquel il avoit donné le gouvernement de Provence, qu'il seroit bien aise, que l'affaire, que le Parlement avoit avec le concile, fut terminée, ce qui obligea le Parlement de députer le Conseiller de Brandis à Rome avec une procuration expresse à Loüis de Fourbin, qui ètoit encor Ambassadeur pour le nouveau Roy, pour regler & pour terminer tous les differens, qui ètoient entre la cour de Rome & le Parlement, qui commençoit de se lasser d'aprendre, qu'on affichoit de temps en temps de nouvelles citations, & des fulminations à Avignon, à Nice & à Vintimilles. Brandis part, il arrive à Rome, il remet au Seigneur de Souliers les Procurations & les instructions necessaires pour detrüire tout ce qui ètoit contenu en la Suplique donnèe par Mario Perussis. Fourbin receut avec beaucoup de satisfaction cette marque de la confiance, que le Parlement avoit en luy, il en donne d'abord avis au Pape & au Concile; on y dèpute des commissaires pour conferer avec luy & pour finir cette affaire, lesquels aprés plusieurs conferences faites en presence de Leon, on convint que le Parlement accorderoit à l'avenir l'Annexe, & que tout ce qui viendroit de la Cour de Rome ou de la Legation seroit enregistré sans formalité de Justice, & sans appeller les personnes, en faveur desquelles les Bulles, Brefs ou Rescrits auroient èté expediez, pourveu qu'ils ne portassent prejudice à l'autôritè du Roy; auquel cas on ne seroit tenu de les enregistrer, qu'aprés que Sa Majestè en auroit èté avertie, & qu'aprés un second Mandat. Que là ou quelqu'un auroit obtenu un semblable Rescrit ou Bref, ou le tiers seroit interessé, ou peut recevoir un notable préjudice par l'enregiſtrement, le Pareatis en ſeroit réfuſé juſques à une ſeconde Bulle confirmative. Cela étant ainſi arrêté, le Seigneur de Souliés entra dans le Concile, & parla avec tant de force, & tant d'éloquence, que ce qui avoit été convenu fut unanimément aprouvé, aprés quoy il demanda l'abſolution pour le Parlement, laquelle fût ſur le champ accordée. Il eſt vray que le Preſident de Beaumont, les Conſeillers de Brandis & de Coriolis ne furent pas compris à cette Bulle, à cauſe qu'ayant été citez au Concile, ils n'y avoient pas comparu ; mais comme Brandis étoit à Rome, il ſe preſenta tant à ſon nom, qu'à celuy de Beaumont & de Coriolis, & eut la même ſatisfaction qu'avoient eu ſes Collegues, ce qui avoit été ainſi menagé par le Seigneur de Souliés, qui trouva l'art en une affaire ſi épineuſe de concilier les intereſts du Pape avec ceux du Roy, ceux du Concile avec ceux du Parlement, qui paroiſſoient ſi opoſez les uns avec les autres à la commune ſatisfaction de toutes les Parties. Auſſi fut-il receu à ſon retour avec toutes les démonſtrations de joye & de reconnoiſſance, ayant conſervé un droit à ſon Corps, qu'aucun autre Parlement du Royaume n'a jamais peu s'acquerir, & qu'il a continué malgré toutes les entrepriſes qui ont été faites en divers tems par les étrangers, & par les gens du Païs, pour tâcher de l'aneantir. Ainſi qu'on le voit dans nos Regiſtres, qui ſont remplis des Arreſts rendus contre ceux, qui ont fait de pareils deſſeins, & particulierement en l'an 1524. quand le grand Vicaire de l'Evêque de Digne voulut faire executer des Bulles, ſans avoir été annexées, il fut condamné à la Requête du Procureur General à mille livres d'amendes, avec défenſes à tous autres de commettre à l'avenir ſemblables fautes, ſous peine de ſaiſie de leur temporel. Ce qui donna lieu à un autre Arrêt rendu l'an 1525. par leſquelles mêmes défenſes furent faites à tous les Evêques de la Province, ceux du Dauphiné, & du Comté Venaiſſin, y ayant partie de leur Dioceſe de faire publier & executer des Bulles, ſi elles n'avoient été enregiſtrées, & ſans Lettres d'Annexe ſous les mêmes peines.

Ce droit, quoy qu'ancien & bien établi, fut encor conteſté par Mrs. de la Cour des Aydes & Chambre des Comptes de ce Païs, ſur le pretexte des évocations generalles qu'ils avoient obtenuës à cauſe des conteſtations qui étoient entre ces deux Compagnies, ce qui avoit fait, qu'ils s'étoient pourveus en l'an 1653. au Conſeil du Roy, auſquels ils avoient demandé d'être exemts d'Annexer les Brefs ou les Bulles, qu'ils pourroient obtenir pour eux ou pour leurs enfans, ce qui luy fut accordé par Arreſt du 2. Septembre de la même année, contre lequel Arrêt Mrs. du Parlement s'étant pourveus, ils repreſenterent par leur Requête, que les évocations generales obtenuës par Mrs. de la Cour des Aydes, Chambre des Comptes, n'avoient rien de commun avec le droit d'Annexe, duquel le Parlement joüissoit depuis sa Creation, que par dessus cela le Roy François I. avoit en tant que de besoin confirmé ce droit, & l'avoit uni à ses Greffes l'an 1533. En sorte que par l'Arrest du Conseil, contre lequel on s'étoit pourveu, on détrüisoit un droit qui avoit tant coûté de defendre, & de maintenir contre un Pape, & contre tout un Concile, aussi bien que celuy de Greffe qui apartenoit au Roy; & que si Mrs. de la Cour des Aydes en ètoient exemtez, Mrs. les Evêques de la Province, ceux du Comté Venaissin & du Dauphiné, qui ont leur revenus en Provence, & tous ceux qui ont des évocations generales ne manqueroient pas de faire de semblables demandes, & que le droit d'Annexe n'étant pas connu aux autres Parlements, ou leurs causes ètoient èvoquées, ils s'en trouveroient exemtez, & le Roy frustré d'un droit uni à ses Domaines, ce qui donna lieu à un second Arrest rendu au conseil le 12. Novembre 1653. par lequel sans s'arrêter au premier, le Parlement fut maintenu dans ce droit, j'ay crû devoir mettre au long ce trait d'Histoire, au dessous duquel sont écrits ces mots.

APPROBATUR ANNEXA

IN CONCILIO LATTERANENSI.

Tant parce qu'il est particulier, qu'à cause qu'on a fait ce qu'on a peu, pour empêcher qu'il ne fut placé en cet Arc pour y mettre deux Trônes Royaux, qui ont èté largement payez; ce qui l'àvoit si fort dèfigurè, que j'ay eu peine à le reconnoitre. Ainsi je l'ay fait graver comme je l'avois imaginè, le changement qu'on y a fait, ètant plûtôt un effet d'avarice que de bon goût.

La Ville d'Aix, qui avoit ètè si souvent agitée par les mouvemens des Religionnaires, avoit toûjour vigoureusement resistè à toutes les entreprises des Novateurs, qui sous le pretexte de réformer la veritable Religion, vouloient introdüire un nouveau culte. Elle ne s'ètoit pas contentée de les èloigner de ses murs; mais elle les avoit encor chassez de la Province: quand sous le Regne de François I. nos habitans excitez par le zèle du Parlement forcerent les Vaudois, qui s'ètoient fortifiez le long de la Montagne du Leberon, d'abandonner nos contrées. Et bien que Henry II. eut autant d'horreur pour les nouvelles opinions que le Roy son pere, elles avoient toute fois pris de si fortes racines dans l'esprit des peuples, qu'elles se glisserent alors

dans

dans nôtre Ville, sous la protection de quelques Magistrats, seduits par les Sectateurs de cette Religion, qui y vivoient toute fois avec beaucop de secret & de modestie. Mais dés que ce Prince fut mort, ils commencerent de paroître avec insolence; & abusant de la jeunesse de François II. & de la foiblesse du gouvernement de la Reine Catherine de Medicis sa mere, ils établirent des Préches à nos portes favorisez par le Comte de Tendes, qui les aimoit autant, que le Comte de Grignan Gouverneur de cette Province les avoit détestez; & ce fut alors qu'on vit les étendars du fils marcher contre ceux du pere; & que la Religion ne fut plus qu'un pretexte pour les interests des uns, & pour les animositez des autres.

Ces temps malheureux durerent pendant les Regnes de Charles IX. & de Henry III. ses freres, pendant lesquels nôtre Ville fut tantôt oprimée par les Religionaires, & tantôt victorieuse sous les gouvernemens du Comte de Sommerive, du Vicomte de Tavanes, du Maréchal de Rais, du Comte de Suse, de Henry de Valois Grand Prieur de France, qui se ménageoient avec les Catholiques ou avec les Calvinistes suivant leurs interests differens. Mais dés que Henry IV. fut parvenu à la Couronne, le parti Huguenot prit de nouvelles forces, & creut que le Roy étant de cette Religion, elle seroit bientôt reçûë par tout le Royaume. Ainsi les uns étoient dans l'esperance, tandis que les autres étoient dans la crainte, & ce fut cette crainte & le zéle de conserver la Religion de nos peres, qui donnerent la naissance à une nouvelle ligue, pendant le temps de laquelle les anciennes haines s'étant renouvellées sous les gouvernemens du Duc d'Espernon, sous celuy de l'Admiral de la Valete, sous celuy que le Duc d'Espernon voulut réavoir aprés la mort de son frere, on ne vit plus que de sinistres effet de l'avarice, de la fureur, & de la vengeance des Chefs de ces deux partis.

Ce Duc connoissoit bien l'horreur, que les Catholiques avoient pour luy, & ce n'étoit que par necessité, qu'il étoit chef du party Huguenot, puisque c'étoit par luy qu'il se soûtenoit, qu'il avoit pris la Ville d'Arles, & qu'il avoit des intelligences secrettes avec ceux, qui gouvernoient la ville de Marseille: Quant prevoyant bien, qu'il ne seroit jamais le maître de la Province, s'il ne l'étoit de la Ville d'Aix, il resolut d'y mettre le Siege; mais comme il ne trouva pas la chose si aisée, qu'il se l'étoit proposée, que la conduite du Parlement, la valeur du Comte de Carces, & la vigueur de nos Habitans rendoient ses projets inutiles; il changea ce Siege en blocus, par le moyen du Fort qu'il avoit fait faire à la Coline de St. Eutrope, auquel il avoit donné le nom de Ville Valete, ou Ville d'Aix superieure, & par celuy qu'il avoit fait construire au Pont de Beraud. Ce Siége ou ce blocus durerent un an & quelques jours, pendant lequel temps le Roy, qui avoit déja embrassé la Religion Catholique, avoit toûjours entretenu un commerce secret dans la Ville, & la fidelité du Duc d'Espernon luy étant devenuë suspecte, la Noblesse assemblée dans le Cloître des Jacobins, & nos Habitans dans l'Hôtel de Ville le 5. Janvier 1594. Henry IV. est reconnu Roy, & l'aprés dînée du même jour les Chambres du Parlement assemblées, la resolution prise par la Noblesse & par nos Habitans est unanimément aprouvée, & il fut fait Arrest, par lequel il fut ordonné de reconnoître Henry IV. pour veritable & pour legitime Roy, & de luy obeir. Ainsi finit cette Ligue. Ainsi nôtre Ville eut l'honneur d'étre la seconde des Villes liguées du Royaume, qui reconnut l'Ayeul de Loüis le Grand pour Maître, ce que ce grand Prince regarda avec tant d'attention, qu'en confirmant nos privileges, il declara, *que le Parlement d'Aix étoit le principal instrument de toutes les Villes de son Royaume en son obeïssance.* La publication de cette reconnoissance peinte dans le Tableau, qui est à la gauche, ne fut faite que le septiéme Janvier; elle fut celebrée avec toutes les démonstrations de joye accoûtumées en de telles occasions, ce qui a fait qu'on lit au bas de cette representation.

HUJUS IMPERIUM AGNOSCUNT

OMNIUM PRIMI AQUENSES.

J'Ay choisi la Scéne de cette publication au devant du Palais, laquelle fut faite par Mrs. Rolin de Barthelemi Sr. de Ste. Croix, Jean Boulogne, Martin Ayguesier, & Jaques Audiffredi, lors Consuls & Assesseur, qui y sont peints à cheval, & qui y sont dévancez par les Trompettes & par les Tambours. Au haut du Tableau on voit le portrait de ce grand Roy dans un Cartouche, soûtenu par un Amour, qui represente le Genie de nôtre Ville, à laquelle en memoire éternelle de cette reconnoissance, ce grand Prince accorda qu'aucun autre exercice de Religion n'y seroit souffert, que celuy de celle de nos Peres; & c'est à luy que nous devons & le rétablissement & l'augmentation de nos Colleges.

Bien que ce trait d'Histoire fit assez d'honneur à nôtre Parlement & à nôtre Ville, il ne laissa pas d'étre chicané par des personnes de mauvais goût. Entre les pilastres de cet Arc sont les Statuës de la Force, & de la Prudence; Vertus qui accompagnent ordinairement la Justice, & sans lesquelles elle seroit muete & sans vigueur.

Elles ſont accompagnées de leurs Hierogliphiques, & l'on voit à leur pieds les deux Deviſes ſuivantes au deſſous de la force.

Un Soleil entrant dans le Signe de la Balance. Avec ces mots.

OMNIBUS ÆQUUS.

Au deſſous de la prudence, un mortier à bombe pointé ſur le quart de nonante, la bombe ſe trouvant au plus haut de ſon élevation, & prête à tomber. Avec ces mots.

REGIT PRUDENTIA VIRES.

Paſſons, à ce que j'avois medité pour le cinquiéme Arc.

CINQUIÉME ARC.

LORS que je m'engageay à Mr. le Comte de Grignan, & à nos Conſuls, de travailler aux deſſeins de ces Arcs, je cherchay le nombre ſeptenaire comme le plus parfait, conformément à ce qui avoit été fait par mon pere à l'arrivée de Loüis LE JUSTE en cette Ville : Mais m'étant trouvé quelques jours aprés en une Aſſemblée de Conſulaires à la maiſon de Monſieur l'Aſſeſſeur, on trouva à propos de rédüire ces deſſeins à cinq Arcs, & de ſept que j'avois propoſé, nous en arrêtames quatre, & nous convimes de choiſir un des trois, que nous avions ſuprimez pour dreſſer au devant de la maiſon, où ſeroient logez nos Princes, & que nous déterminerions, lors que nous ſçaurions celle qu'on leur auroit deſtinée. Mais dés que je ſçûs qu'on avoit choiſi le Palais de nos Archevéques, je me déterminay à faire repreſenter en cet Arc le triomphe de la Religion, & le Calviniſme abatu par LOÜIS LE GRAND, & de mettre ſur les Piedeſtaux les Statuës des quatre Saints Protecteurs de nôtre Egliſe, qui ſont Saint Maximin, qui fut nôtre premier Evêque, St. Cedoine ou l'Aveugle né de l'Evangile, qui fut ſon Succeſſeur, Ste. Magdelaine qui mourut en nôtre Ville, & St. Mitre qui y ſouffrit le martyre ſous

Ervandus Prêteur Romain en cette Province au commencement du quatriéme Siécle. Ces Saints recommandoient à nos Princes la Conservation de la pureté du veritable Culte, suivant les glorieuses traces du grand Loüis leur Ayeul ; Ce que j'expliquois par une Inscription, & par les mots que je mettois à leur bouche.

On sçait, & j'en ay dit quelque chose en passant en mon quatriéme Arc, qu'il n'y a pas eu d'Eglise, ny de Ville qui ait été plus cruellement attaquée depuis l'an 1560. jusques en l'an 1594. par les Calvinistes. Elle vit son Pasteur changé en Loup ravissant, & nos Habitans obligez de faire des Corps de Gardes au devant de nos Temples, pour en empêcher le vol & la profanation ; Et je satisfaisois par un tel dessein le desir de ceux, qui veulent que la Religion aye part aux Fêtes solemnelles, que l'on fait à la reception des grands Princes, & j'avois même travaillé dans l'explication que je faisois de cet Arc à une dissertation, pour soûtenir nôtre tradition contre les attaques qui luy ont été faites par Launoy.

Mais comme on n'eut pas le temps de faire executer ce projet ; pour ne laisser sans Décoration le devant du Palais, qui devoit servir de Louvre à nos Princes, on fut obligé d'y faire élever à la hâte un Portique. Au haut duquel étoit une Rénomée ayant deux Genies à ses côtez ; ce qui fut fait, sans que j'y eusse aucune part : Ainsi j'en laisse l'explication à ceux qui en ont donné le dessein.

Les

LEs Devises, & les Emblemes qui suivent, & qui m'ont été données par des personnes distinguées dans la literature, conviennent parfaitement aux sujets de ces Arcs ; les deux premieres, qui m'avoient été données par Mr. le Prieur Jaulne, avoient été placées au second Arc ; & je ne say, comme elles avoient été omises, & les autres ne m'ont été remises, qu'aprés que les places ésquelles elles pouvoient convenir, avoient été remplies, elles sont trop belles pour être negligées ; & je n'ay pas crû devoir priver le public d'une lecture, qui donne un nouveau lustre à mon Ouvrage.

Le Soleil formant trois Parelies dans une nuë, avec ces mots.

In pluribus unus.

Le Distique qui suit donne plus de jour à l'ame de cette Devise.

Luce coronatus toto spectandus in orbe.
Fæcundus radijs simul est in pluribus unus.

Le Soleil imprimant ses rayons sur trois miroirs concaves, avec ces mots & ces Vers.

Simili virtute reflectunt.

Acceptam Lucem simili virtute reflectunt,
Imperijque dies trina corona reffert.

Mr. Jaulne me remit encor les Devises & les Emblemes suivantes.

Un Grenadier poussant trois branches, dont châcune porte une grenade, avec ces mots.

Fæcunda Coronis.

Regia quos radix fœlici germine nutrit,
Surgentes ramos plurima Regna ferent.

Le Soleil formant un Arc-en-Ciel, qui s'apuye sur les frontieres de la France, & de l'Espagne, avec ces mots.

Fœdere major.

Clarior occasu redivivus in Iride surgens;
Æternæ pacis fœdere major ego.

Trois Tournesols regardant le Soleil, avec ces mots.

Movemur in ipso.

Quæ foliis radiisque vides vegetantur in ipso,
Gloria, flos, fructus motus amoris erunt.

Un Lionceau se joüant sur une plaine émaillée de Lys; avec ces mots.

Ingentes animos mihi gallica Lilia præbent.

Mr. de Castelane d'Auzet m'a remis les Vers, qu'il a ajoûtés, pour expliquer les Devises qu'on a lûës dans l'explication du second Arc.

Sur celle en laquelle est peint un Grenadier, sur lequel on voit une grenade formée & couronnée au milieu de deux autres, ou la Couronne commence seulement à paroître, & en laquelle est écrit ce Vers. *Huic dedit occiduus, &c.* Il a ajoûté ces Vers.

L'éclat de tous côtez nôtre tige environne,
Malgré mille Ennemis de sa gloire jaloux,
Nous naissons dans la pourpre, & le temps nous couronne;
Et ce que l'Occident a fait pour un de nous;
L'Orient le fera pour tous.

A celle où trois Diamans sont placez sur une Table, celuy du milieu étant mis en œuvre, & les autres ne l'étant point. Il explique ce Vers. *Sunt splendore pares, &c.*

Dans ces trois Enfans du Soleil,
Nous voyons un éclat pareil;
En châcun d'eux se peint ce Dieu de la Lumiere;

Et c'est avec raison que tout le monde attend,
De voir un jour, sur un Trône éclatant
Les deux autres comme leur frere.

A celle où l'on voit une plante de Lis, avec quatre fleurs au dessous d'un Soleil, en laquelle est écrit ce Vers. *Hos genuit Septris, &c.* Il a ajoûté.

De ces fleurs dont nôtre France ;
Fait l'objet de son amour,
C'est à toy Pere du jour,
Qu'on doit l'heureuse naissance ;
Et certes, c'est justement,
Qu'à la terre tu les donnes ;
Pour en faire l'ornement
Des Septres & des Couronnes.

Mr. de Gaillard Chaudon le fils, Néveu du Celebre Pere Gaillard Jesuite Prédicateur ordinaire du Roy, a voulu imiter Mr. son Pere, & m'a donné cet Embleme.

Trois Fleurs de Lis sortant d'une même tige ; l'une desquelles est entre les griffes d'un Lion, l'autre qui est soûtenuë par un Coq, la troisiéme restant sur sa tige. Avec ces mots.

Terni quis dignior erit.

En fameux Conquerant, cette Tige feconde,
Des premiers rejettons formera deux grands Rois ;
Et parmi les Etats, qui partagent le monde,
Qui pourra meriter le plus digne des trois.

Mr. son pere a ajoûté à l'Embleme, qui est au second Arc ; où l'on voit un Coq qui chante auprés d'un Lion, avec ces mots. *Cantum quem horrebat amabit.*

Sa colere s'est rélentie,
On voit regner la joye, ou regnoit la terreur ;
Et malgré son antipatie,
Il aimera le Chant, qui luy fit tant d'horreur.

En voici encor une de sa façon.

Trois plantes de Lis sous un Soleil, avec ces mots.

Crescunt ornetur ut orbis.

Mr. de St. Quentin. Castor & Pollux, avec ces mots.

Corda patent, dum numina micant.

Nous annonçons par tout & le calme & la joye.

Mr. Garidel Professeur Royal és Ecoles de Medecine de cette Ville a voulu avoir part à mes desseins, comme Mr. son Ayeul en avoit eu à ceux de mon pere ; & voicy deux Emblemes qui viennent de sa part.

Un Soleil dont les trois principaux Rayons, qui tombent sur la surface de la terre, s'élargissent, à mesure qu'ils en aprochent, avec ces mots.

Orbe magnus at radijs maximus.

Hunc complent orbem manantia lumine solis,
Hæc proles cunctis Regia jussa dabit.

Un Hercule vétu de sa peau de Lion, tenant de sa main une massuë fleurdelisée, & renversant de son pied une des Colomnes, qui portent son nom, avec ces mots & ces Vers.

Nunc datur & ultrà.

Non patitur claudi gens victrix finibus ullis.
Hæc cui Regna patent nullaque meta datur.

RELATION

RELATION DE LA RECEPTION

Qui a esté faite en la Ville d'Aix à Monseigneur le Duc de Bourgogne, & à Monseigneur le Duc de Berry, le cinquiéme du mois de Mars 1701.

ON n'eut pas plûtôt apris, que Monseigneur le Duc de Bourgogne, & Monseigneur le Duc de Berry ètoient partis de Tolose, que Mr. le Comte de Grignan vint en nôtre Ville, en laquelle il trouva plus de trois cens Gentils-hommes, qui s'y étoient rendus pour l'accompagner à Arles, où il devoit recevoir nos Princes : Il en partit le dernier du mois de Février, & parce que cette Ville fut soupçonée d'être infectée de la petite Verole, la route fut changée, & ils vinrent coucher à Beaucaire le second du mois de Mars, où Mr. le Comte de Grignan passa, accompagné des Gentils-hommes qui l'avoient suivi, lesquels il presenta à nos Princes, qui les reçûrent avec leur bonté naturelle ; & le lendemain quatriéme de Mars ils passerent le Pont du Rhône pour venir à Tarascon, au bout duquel Mr. de Raoüsset de la Croix, Mr. le Marquis de Regusse, Mr. de Thomassin d'Espin, Maire, Consuls, & Assesseur de nôtre Ville, Procureurs du Païs eurent l'honneur de leur faire la reverence, & leurs complimens au nom de la Province, par la bouche de Mr. le Marquis de Regusse Assesseur.

Aprés quoy nos Princes prirent leur route vers Salon, ils s'arrêterent à Boisvert, où Mr. le Comte de Grignan avoit fait preparer un magnifique repas pour toute leur suite, ce qu'il a continüé de faire pendant tout le temps, qu'ils ont resté dans cette Province ; ayant toûjours tenu matin & soir dans toutes les Villes, où ils ont sejourné, cinq Tables à vingt couverts également servies ; Ils vinrent de là coucher à Salon ; d'où ils partirent le cinquiéme ; & aprés s'être reposez quelque temps à l'Hôtelerie des quatre Termes, ils arriverent sur les quatre heures du soir à nôtre Ville, dévancez & suivis d'une foule de peuple, qui les attendoit à l'extremité de nôtre Terroir, & ce fut d'adord qu'ils eurent passé au dessous du premier Arc, que Mr. le Comte de Grignan, suivi des Gentils hommes qui l'avoient accompagné, & de ceux de cette Ville, les accüeillir; & que nos Consuls Procureurs du Païs ayant les marques de leur Magistrature, leur firent leur compliment au nom de la Ville, par la bouche de Mr. le Marquis de Regusse.

Ils entrerent après dans la Ville au travers d'une haye des Mousquetaires d'une Milice de nos Habitans, distribuée en cinq Compagnies des cinq Quartiers de la Ville, commandées par Messieurs de Brunet de Tressemanes, de Saint Estienne Leveque, de St. Vincent de Fauris, de Mounier de Melan, qui faisoit la fonction de Major, & de Mr. d'Antelmy Capitaines de ces Quartiers;-cette Milice étoit composée de tous les differens Métiers de la Ville, châcun desquels s'étoit distingué par la differente couleur de leurs habits & de leurs rubans. Et aprés qu'ils eurent passé au dessous du second Arc, placé à la porte des Augustins, ils entrerent dans le Cours, où tous les devans des maisons étoient tendus de tres belles Tapisseries, ainsi que l'étoient toutes les maisons des ruës par où ils devoient passer pour se rendre à l'Archevêché, qui leur avoit été preparé pour leur servir de Louvre; Tous les Balcons, toutes les Fenêtres étoient occupées par les Dames de la Ville, & par celles de la Campagne, que le desir de voir nos Princes avoit fait venir de tous les Lieux circonvoisins, tandis que le pavé étoit rempli de gens de tout sexe & de tout âge, qui les combloient de benedictions, lors qu'ils passoient, par des cris redoublez de *Vive le Roy* & *Vive nos Princes*, & ils arriverent parmi les acclamations de cette joye publique à l'Archevêché, où ils furent encore reçûs par Mr. le Comte de Grignan, & par les mêmes personnes qui avoient eu l'honneur de leur faire la reverence à la Porte de la Ville, aprés quoy on leur donna le temps de se délasser.

La Fête qu'on avoit preparée pour cette reception solemnelle, commença le soir au Cours par un trés-beau feu d'artifice, qui fut dévancé par une illumination qui fut faite en même temps par toute la Ville, la plus belle que nos Princes eussent veüe dépuis leur départ de Paris, Aprés que ce feu d'artifice eut été tiré, on vit exprimer cette joye par des feux qui furent faits au-devant des Maisons de tous les Habitans, & qui durerent bien avant dans la nüit. Le lendemain matin sixiéme, jour de Dimanche, ils furent à l'Eglise Metropole de Saint Sauveur, pour y entendre la Messe; ils y furent reçûs à la Porte par Messieurs du Chapitre révétus de leur Chapes, ayant Mr. l'Abbé de Forbin Ste. Croix Archidiacre de cette Eglise à leur Tête, qui leur fit un tres beau discours; ils entrerent ainsi dans l'Eglise, ou aprés avoir oüi la Messe, ils se retirerent à l'Archevêché: & peu de temps aprés, Mr. Le Bret Premier President au Parlement & Intendant de cette Province, suivi de trente Presidens, Conseillers, ou Gens du Roy de ce Corps ainsi qu'il avoit été reglé, fut introduit par Mr. Desgranges, & aprés, avoir fait la reverence à Monseigneur le Duc de Bourgogne, il luy fit un tres-beau Discours, dans lequel aprés avoir dit que la Prudence de LOÜIS LE GRAND avoit beaucoup plus contribué à sa Gloire, que ses Victoires, & que ses Conquêtes; il ajoûta que c'étoit à cause de cette Prudence, que les Espagnols avoient jetté les yeux sur Monseigneur le Duc d'Anjou pour en faire leur Roy: & qu'ils auroient arrêté leur choix sur sa personne auguste, s'ils l'avoient osé, sçachant bien que ses esperances reculées valoient mieux que toutes les Couronnes du monde: il passa de-là à l'apartement de Monseigneur le Duc de Berry, auquel il fit aussi un tres-beau Discours. Il m'avoit fait esperer, qu'il me donneroit ses Harangues, & quoy qu'elles fussent assûrement des plus belles, que nos Princes ayent oüi pendant leur voyage, sa modestie en a privé le public, & cette relation d'un de ses plus beaux ornemens. Mr. le Premier President avoit été au devant de nos Princes jusques à Salon, & il alloit à Tarascon, lors qu'il eut ordre de se retirer, & de venir les attendre en cette Ville, où il a tenu une table tres-delicate, tandis qu'ils y ont demeuré; & il les auroit accompagnés par toute la Province, s'il n'avoit receu un ordre de rester.

Aprés que Mrs. du Parlement se furent retirez, Mrs. de la Chambre des Comptes, Cour des Aides furent introduits par Mr. Desgranges Maître des Ceremonies; Mr. de Lombard du Castelet President de cette Compagnie, aprés avoir fait un tres-beau Discours au nom de son Corps à Monseigneur le Duc de Bourgogne, fut aussi introduit auprés de Monseigneur le Duc de Berry, auquel il parla avec beaucoup de dignité & d'eloquence.

Mrs. de la Cour des Aydes s'étant retirez, Mrs. les Tresoriers Generaux du Bureau des Finances se presenterent, & furent aussi introduits; Mr. de Souchon Despraux, en faveur duquel la Charge de President de cette Compagnie a été créée, leur dit,

MONSEIGNEUR,

Le respect & la soumission, dont le Bureau des Finances de cette Province vient vous assûrer, sont les veritables effets des sentimens, que nous inspirent tant de grandeur d'ame, & toutes les Vertus Royalles, qui brillent en vous.

Cet Illustre Sang de tant de Heros, qui coule dans vos veines, & qui regne à present avec tant d'éclat dans les deux plus puissantes Monarchies du Monde, ne nous promet rien que de grand; & ce que

nous admirons aujourd'huy, MONSEIGNEUR, dans vos premieres années, est pour nous un gage assuré des glorieuses actions, qui éterniseront la memoire de vôtre Nom dans la posterité.

On y publiera les loüanges des Successeurs de LOÜIS LE GRAND; *mais on ne parlera jamais des Vertus Heroïques de cet invincible Monarque, qu'on ne fasse mention de celles, qui auront immortalisé vôtre Gloire.*

En s'adressant à Monseigneur le Duc de Berry present.

Secondé de la valeur d'un Prince, que le cœur & le sang unissent également à vous, l'Empire du Monde borneroit seul vos Conquêtes, si vous n'étiés le premier Observateur des Loix que vous imposerez.

Ce sont là, MONSEIGNEUR, les justes sentimens d'une Compagnie, qui ne cessera point d'offrir ses vœux pour la conservation de vôtre auguste Personne, & pour l'augmentation de sa Gloire.

Mr. Gerard Recteur ou Primicier de l'Université de cette Ville, suivi des Docteurs des trois Facultez, se presenta dans le même temps, que Mr. Cibon Lieutenant General de la Sénéchaussée de cette Ville, étoit entré pour parler, ce qui fit naître une contestation entre l'Université & le Siege, qui fut decidée par Provision en faveur du Recteur, qui dit

MONSEIGNEUR,

L'Université Royalle de cette Province vient vous rendre ses tres-humbles homages, elle vient prendre toute la part, qu'elle doit à la joye publique, & joindre ses acclamations à celles de tout le Royaume.

Quelle Gloire pour nous en effet, MONSEIGNEUR, de voir deux grands Princes sortis du plus beau, du plus glorieux Sang de la Terre; Quel bon-heur d'admirer les Petits-fils du premier Monarque du Monde, & l'Heritier presomptif de sa Couronne.

Quelque grand neanmoins, MONSEIGNEUR, que soit l'éclat de vôtre naissance, qui vous éleve si fort au dessus du reste des Princes, vous l'étes encore plus par vos éminentes qualitez.

Ce sont celles qui forment les Heros les plus accomplis la Magnanimité, la Justice, l'Intrepidité, le Jugement solide, une profonde Erudition, & une majestueuse Douceur, qui vous attirent les respects & les cœurs de tous les Peuples.

Mais je sens ma foiblesse, elle m'impose un respectueux silence;

elle me fait connoître, qu'il ne m'apartient pas de m'élever si haut ; & je sçay que les justes loüanges déplaisent aux grands Princes, qui les meritent le mieux : ils veulent bien faire tout ce qui peut les leur attirer ces loüanges, mais ils n'aiment pas de les entendre. Je me contenterai donc d'admirer celles qui vous sont si legitimement dûës, crainte d'abuser de vôtre bonté, & de l'honneur de vôtre Audiance.

Vous me permettrez seulement, MONSEIGNEUR, *en vous offrant les trés-humbles respects de cette Université, de vous suplier trés-humblement de l'honorer de vôtre protection ; j'ose vous dire, que tous ceux qui la composent n'oublieront rien pour tâcher de s'attirer cette grâce ; ils en auront une éternelle & respectueuse reconnoissance, ils publieront par tout avec les plus vives couleurs de cette éloquence, dont ils font profession, vos grandes, vos rares qualitez,* MONSEIGNEUR ; *& ils ne perdront jamais le souvenir de ce beau jour, qui nous a procuré le bon-heur de voir un Prince, dont la grandeur d'ame, & les Vertus heroïques feront ajoûter aux justes, aux magnifiques éloges, qui rempliront l'Histoire du Regne glorieux & triomphant de* LOÜIS LE GRAND, *celuy,* MONSEIGNEUR, *d'avoir été vôtre Ayeul.*

Et encore d'un Prince dont le merite aussi grand, & aussi distingué que la naissance, forcera les Nations étrangeres en l'admirant de venir avec empressement, & à l'envy luy offrir des Sceptres, & des Couronnes, persuadées que les seuls Princes du Sang de Bourbon, les Petits fils de LOÜIS LE GRAND *sont veritablement dignes de les porter. Elles seront jalouses du glorieux avantage, que l'Espagne vient de recevoir, par le choix qu'elle a fait de Philipe de Bourbon, pour le faire regner sur tous ses Royaumes ; & par une noble mais digne émulation, elles traverseront avec joye ces Nations la vaste étenduë des Mers, & des Provinces qui nous separent, s'estimant trop heureuses, si pour le prix de leurs travaux elles peuvent avoir le bon-heur de le posseder & de le mettre sur leur Trône.* A Monseigneur le Duc de Berry.

Il ne me reste plus, MONSEIGNEUR, *que de prier avec ardeur l'Arbitre souverain du Monde, celuy par qui les Rois, & les Princes regnent sur la Terre, qu'ils vous rende châque jour les parfaits imitateurs de* LOÜIS LE JUSTE, *de* LOÜIS LE GRAND, *& qu'il ne reprenne que bien tard le magnifique present qu'il a fait à la France, en vous destinant,* MONSEIGNEUR, *pour la gouverner*

Et en quelque belle & grande partie du Monde, qu'il plaise à la Providence dispensatrice des Couronnes de placer cet auguste Prince pour y regner, nous ferons des vœux ardens, sinceres, & continuels pour l'augmentation de sa gloire, & pour la precieuse conservation de sa vie.

Mr. Cibon, aprés avoir fait quelques Actes protestatifs, entra ensuite, & parla au nom de son Corps, en ces termes.

MONSEIGNEUR,

Les Peuples empressez, & transportez de joye se presentent par tout à vôtre passage, que pouvons nous ajoûter à leurs concours & à leurs acclamations ; charmez du bonheur de voir le Prince, que le Ciel nous destine pour Maître ; nous reconnoissons, qu'il suffit d'être Petit-fils de LOÜIS LE GRAND, *pour avoir toutes les qualitez qui suivent par tout ce Heros. Rien n'est comparable,* MONSEIGNEUR, *à vos vertus, que nôtre zéle, nôtre admiration, & nôtre amour; comme rien n'est si beau, que de trouver en la personne de vôtre auguste Frere l'esperance & le soûtien de deux grands Royaumes.*

Le reste de cette matinée fut ainsi employé en Ceremonies, aprés lesquelles nos Princes ayant dîné, furent oüir les Vêpres aux Peres de l'Oratoire, qui furent chantées par leur Musique : & de là ils se rendirent chés Madame la Marquise de la Roque, pour voir un combat d'Orange qu'on avoit preparé pour les divertir. On avoit orné le Balcon de cette Maison d'un dais de velours cramoisi, enrichi d'une crepine d'or; & on l'avoit fermé d'un treillis de fil d'archal, pour empêcher que quelque Orange ne peut les blesser. Ce combat devoit être fait au milieu du Cours, & au dessous des fenêtres de cette Maison entre les deux allées : l'on avoit destiné pour cela trois cens Combatans, cent cinquante de châque côté, divisez en Rouges & en Bleus ; les Rouges étoient commandez par Mr. le Chevalier de St. Marc, & les Bleus par Mr. de St. Loüis Duranti ; ces deux Chefs étoient distinguez par la proprété de leurs habits, & par les touffes de Rubans qu'ils avoient à leurs Chapeaux; & dés que nos Princes furent arrivez, & qu'ils eurent pris leurs places, le signal ayant été donné, les deux Partis s'attaquerent, & se chargerent si brusquement l'un & l'autre, que bien qu'on eut convenu de faire durer ce plaisir, la Troupe que commandoit le Chevalier de St. Marc serra si fort l'autre, qu'aprés une vigoureuse resistance elle luy fit perdre le terrein, & la chassa du Cours, sans qu'elle peut se ralier pour y réentrer. Nos Princes furent si satisfaits de ce divertissement, qu'ils firent present d'une épée d'or à chacun

chacun des Commandans, & qu'ils remirent deux cens Loüis d'or à Mr. le Marquis de Regusse, qui les distribua aux Rouges & aux Bleus, pour les consoler des bosses des contusions & des meurtrissures qu'ils avoient eües en ce choc.

Madame la Comtesse de Grignan, qui avoit assemblé à cette Maison presque toutes les Dames de qualité de la Ville, leur fit d'abord servir une collation magnifique ; nos Princes entrerent dans la Sale où elle avoit été preparée : & aprés y avoir resté quelque temps, ils sortirent pour aller au Prieuré de St. Jean, voir les Mausolées d'Idelphons II. de Berenger, de Beatrix de Provence Reine de Naples, & de Sicile leurs Ancétres, qui ont donné lieu au dessein de mon second Arc, & un Etendart que le Grand Maître avoit envoyé depuis quelques jours à cette Eglise, & qui avoit été pris sur un Galion Turc ; ils y furent reçûs à la Porte par Mr. l'Abbé Viani, qui en est le Prieur, & le Restaurateur, qui leur fit ce Discours.

MONSEIGNEUR,

De toutes les Eglises de Fondation Royale de cette Province, il n'en est point qui soit plus digne de vos Respects, de vôtre Veneration, & si j'ose le dire de vôtre curiosité, que celle du Prieuré de Saint Jean de Jerusalem de cette Ville. C'est un ancien Monument de la pieté des Comtes de Provence de la Tige Royale des Rois d'Aragon, qui ont regné prés de deux Siecles dans cette Province. Ce Magnifique Tombeau qui se presente à vos yeux, où l'Architecture Gothique paroit avec tous ses Ornemens, conserve les Cendres d'Idelfons II. qui commença par ses liberalitez ce Saint Edifice. Le même Tombeau renferme encore les débris de la mortalité de Berenger V. Fameux dans l'Histoire de la Croisade contre les Albigeois, dont les Actions genereuses luy firent meriter la Rose d'Or, que sa Statuë tient dans sa main. Il l'a reçût de celles d'Innocent IV. dans le Concile de Lyon pour avoir combattu dans les Guerres du Seigneur. Ce Bouclier suspendu au milieu de ce Tombeau, est le même avec lequel ce Heros se signala dans les Combats.

Hic illius Arma.

Cette autre Statuë a côté de cet Auguste Mausolée est celle de Beatrix de Savoye son Epouse. Ce Grand Prince dernier de sa Race aprés avoir perdu son Fils, dont vous voyez le Tombeau dans cette même Chapelle eut le bon-heur de laißer quatre Filles, ou pour mieux dire quatre Reines plus Illustres par leur merite, que par l'éclat de leur Couronne, & s'il eut le malheur de ne pas laisser la sienne à son Fils, il eut au moins l'avantage de voir Regner son Sang dans tous les Thrônes de l'Europe, & c'est à ce propos qu'on peut dire de ce Prince Aragonois, ce qu'un Ancien a dit d'un Empereur Espagnol.

Diademata Mundo sparsit Ibera Domus.

Marguerite eut l'honneur d'être l'Epouse de Saint Loüis. Eleonor fut l'Epouse d'Henri III. Roi d'Angleterre. Sance fut mariée à Richard Frere de ce Prince, qui fut élevé à l'Empire. Et ce superbe Monument qui paroit dans cette autre Chapelle Royale, qui forme avec celle-ci la Croix de cette Basilique, est celui de Beatrix Comtesse de Provence, derniere fille de Berenger. Elle épousa le Frere de Saint Loüis Charles I. Roy de Naples & de Sicile. Cette Heroïne pour animer son Epoux à la Conquête de ces Royaumes vendit toutes ses pierreries, & merita par son courage ces deux Couronnes, & la troisiéme partie des dépoüilles des ennemis. C'est cette auguste Princesse, qui fit achever à ses dépens cette Royale Eglise, & qui la dotta pour l'entretien des Ministres qui servent à l'Autel. Cet Ornement Sacré, cette Estole semée de France & d'Aragon, est un precieux reste des habits Royaux de cette courageuse Reine.

Il n'y a point de Tombeaux dans le Royaume élevez à nos Rois dans les Siecles passez, qui égalent la magnificence de ceux que vous voyez ici de vos Ancêtres. C'est par Eux & par leurs Descendans, que cette belle Province est revenuë à la Couronne. Combien de Combats, combien de Guerres nos Rois n'ont-ils pas soûtenu pour y réünir les Royaumes de Naples & de Sicile. Cette merveille étoit reservée à LOÜIS LE GRAND, *qui n'a pas seulement réüni ces deux Royaumes, disputez pendant deux Siecles; mais encore toute la vaste Monarchie d'Espagne plus étenduë que l'Empire Romain, par la découverte du nouveau Monde. Il vient de faire ce prodige en donnant* PHILIPPE V. *Vôtre Auguste Frere, pour Regner dans ce grand Empire, où le Soleil éclaire toûjours.*

Quelle gloire pour nôtre GRAND MONARQUE, *de voir regner son Sang dans les deux Mondes. Plus heureux que Theodose, il ne voit pas seulement ses Enfans du haut du Ciel commander dans l'Orient & dans l'Occident; mais il le voit Regner pendant sa vie dans l'un & dans l'autre Emisfere.*

Et quocumque vagos flectit sub Cardine Cursus
natorum per Regna venit.

Vous Regnerez, MONSEIGNEUR, *avec Vôtre Illustre Pere, &* LOÜIS LE GRAND, *Vôtre Ayeul bien avant dans ce*

Siécle, & nous admirerons long tems trois Augustes Têtes sous une même Couronne. Il ne vous en manquera pas une* MONSEIGNEUR, * *lors que tous les Rois de vôtre Sang réünissant leurs Armées de Terre & de Mer, vous mettront à leur tête pour aller conquerir la Terre Sainte, & délivrer le Tombeau de* JESUS-CHRIST *Captif sous les Infidéles. C'est vous,* MONSEIGNEUR, *que Dieu destine pour aller reprendre les Drapeaux de nos anciennes Croisades, dont les Mahometans ont dressé des Trophées.*

* En s'adressant à Monseigneur le Duc de Berry.

Quel bon-heur pour l'Ordre de Saint Jean de Jerusalem de pouvoir vous suivre dans une si sainte & si glorieuse entreprise. Nôtre Eminentissime Grand-Maître, semble ne preparer des Vaisseaux, que pour avoir part à vos Conquêtes. Ce grand Etendart pris depuis peu sur un Galion Turc, qu'il a fait arborer dans cette Eglise à vôtre arrivée en paroit être l'Augure. C'est alors que cette Auguste Basilique, où tant de Genereux Princes s'aßemblerent autre fois pour une de nos Croisades, reprendra son ancien lustre. Heureux si aprés vous avoir exhorté, comme mes Dévanciers exhorterent autre fois ces premiers Heros Chrêtiens. Je pouvois aller mourir la Croix à la main dans une si sainte Guerre. Fasse le Ciel que tant de Propheties annoncées pour un Prince François, s'accomplissent en vôtre Illustre Personne sous le Regne de LOUIS LE GRAND.

Le soir se passa par toute la Ville en réjoüissances, les illuminations ayant été continuées, & particulierement celles du Palais, où Madame la Comtesse de Grignan avoit assemblé les Dames de la Ville, & aprés leur avoit donné un superbe répas, elle fit commencer un Bal, qui dura bien avant dans la nüit; & l'on peut dire, que si Mr. le Comte de Grignan s'est si fort distingué par les dépenses qu'il a faites, soit pendant la route de nos Princes dans la Province, soit dans les Villes où ils ont sejourné, que la nôtre a fait tout ce qu'elle a peu pour se distinguer sur toutes les autres, tant par le zéle qu'elle a fait éclatter à l'arrivée de nos Princes en general & en particulier; par la construction de ces Arcs de Triomphe; par les Feux d'Artifices, par les illuminations, par le Combat d'Oranges, & par les autres Fêtes, que par les habits uniformes, que les gens de chaque métier s'étoient faits, qui n'étoient differentiez que par les diverses couleurs de leurs Rubans. Ce qui sera un Monument éternel de l'Amour & de la Veneration que nous conservons pour LOUIS LE GRAND leur Ayeul.

Le Lundy matin nos Princes partirent de cette Ville pour

aller à Marseille, ils y sejournerent jusques au Dimanche suivant, d'où étant partis ils allerent coucher au Bausset, & dîner le Lundy à Toulon ; ils y resterent jusques au Vendredy 17. & vinrent coucher à Aubagne pour revenir le lendemain 19e. en nôtre Ville, en laquelle ils arriverent sur les trois heures ; ils y entrerent par la Porte de St. Sauveur ou des Boucheries, au devant de laquelle on avoit placé l'Arc de Triomphe, qui étoit auprés de celle des Augustins ; ils y furent reçûs de la même maniere, qu'ils l'avoient été la premiere fois : le lendemain jour de Pâques fleuries, Monseigneur le Duc de Berry s'étant trouvé incommodé, Monseigneur le Duc de Bourgogne assista à la Ceremonie du jour à l'Eglise de St. Sauveur, où la Messe fut ditte par Mr. l'Abbé de Ste. Croix Fourbin ; & ce fut au sortir de la Messe, que j'eus l'honneur de luy faire la reverence, & de luy presenter les Desseins, & les Esquisses, & l'Abbregé de l'explication de mes Arcs, ainsi qu'il l'avoit souhaité, ce qu'il reçut avec autant de bonté que d'agrément ; & ce fut alors que je m'engagay de faire ce Discours, & je n'eus pas besoin, comme je l'ay déja dit, de le faire entrer dans les traits d'une Histoire la plus difficile de cette Province. L'aprés dîné il assista aux Vêpres à l'Eglise des Peres de l'Oratoire, & le lendemain Lundy 29e. l'incommodité de Monseigneur le Duc de Berry, auquel j'eus aussi l'honneur de presenter le Dessein de ces Arcs, ayant cessé, ils partirent aprés avoir dîné pour aller coucher à Lambesc ; & je puis dire que nous fumes autant affligez de ce prompt départ, que nous avions été réjoüis de leur arrivée en cette Ville & en cette Province.

www.ingramcontent.com/pod-product-compliance
Ingram Content Group UK Ltd.
Pitfield, Milton Keynes, MK11 3LW, UK
UKHW051023210726
13857UKWH00007B/1239

9 782013 027601